野猪卖香气

李延祐 ◎ 著

山西出版传媒集团　北岳文艺出版社

图书在版编目（CIP）数据

野猪卖香气 / 李延祜著. —太原：北岳文艺出版社，2021.1
ISBN 978-7-5378-6118-2

Ⅰ. ①野… Ⅱ. ①李… Ⅲ. ①寓言－作品集－中国－当代
Ⅳ. ①I277.4

中国版本图书馆CIP数据核字(2019)第300976号

野猪卖香气

李延祜 / 著

策划
韩玉峰

责任编辑
韩玉峰

封面插图
张峰

书籍设计
张永文

印装监制
郭勇

出版发行：山西出版传媒集团·北岳文艺出版社
地　址：山西省太原市并州南路57号　邮编：030012
电　话：0351-5628696（发行部）　0351-5628688（总编室）
传　真：0351-5628680
经销商：新华书店
印刷装订：山西新华印业有限公司

开　本：787mm×1092mm 1/32
字　数：170千字
印　张：8.125
版　次：2021年1月第1版
印　次：2021年1月山西第1次印刷
书　号：ISBN 978-7-5378-6118-2
定　价：42.00元

本书版权为本社独家所有，未经本社同意不得转载、摘编或复制

代 序

/ 李延祜

1976年"文革"结束。这时我已经四十岁了。"时不我与,紧紧托住下沉的太阳,把残阳余晖看作朝霞万丈,把尾声当作开篇吟唱。抽绿叶,开红花,结硕果,用浓缩的生命做最后的奉献,用有限的时间抢救破碎的梦想。"(《入北大学习五十年感怀》)

这时才开始发挥我之所长,1979年在《儿童文学》上发表了我的第一篇寓言《皇帝的棋艺》。写的是皇帝在宫里下棋,大臣、后妃谁也不敢赢他,皇帝误以为天下无敌手。后来出宫微服私访,遇到了农民高手,把他杀得一败涂地。于是就下诏让这位农民进宫。民间高手进宫后,发现原来过去跟他对弈的人是皇帝。他跪着战战兢兢地跟皇帝过招,结果局局败北。皇帝不解,为什么一进皇宫我就能赢呢?后来悟出了一个道理,原来他赢就赢在这身龙袍上。在深宫里穿着龙袍是永远发现不了人才的。在20世纪80年代初政治气候乍暖还寒时候,对文艺作品人们还习惯于政治联想。写皇帝,还担当着一定的政治风险。

　　唐山大地震之时，在我住的塑料窝棚外面的树底下，有几只小猫，非常可爱；尤其是在大地震后，得见几只鲜活的生命，给抑郁烦闷的心情增加了几分快慰。然而，几天以后，在我眼前却发生了一场悲剧。我一个同事的十岁的儿子把几只小猫全掐死了。当我发现的时候，他"行凶"刚刚结束。我大喊一声："××，你干什么！为什么把小猫掐死？"他低着头，嗫嚅着："好玩。"他的回答深深刺痛了我的心，让我震惊莫名。但是我没有过多地责备他，我知道这不是他的错。

　　孩子一出生，其幼小的心灵缺乏"爱"的滋润，冷酷的心灵一片荒漠。作为一名教师，我有责任尽绵薄之力，让孩子得到爱的阳光雨露，于是产生了创作第一本寓言故事集《猫头鹰戴眼镜》的冲动。每篇寓言的第一个"读者"都是我的小儿子，睡前给他讲故事，讲着讲着他睡着了，我再把"口头文学"变成书面文字。积少成多，汇集成书，于1979年出版。

——摘自自传《雪泥鸿爪》

目 录

辑一　野猪卖香气

动物园的新老猴子　/ 003
野猪卖香气　/ 006
蝙蝠受宠　/ 011
熊猫判案　/ 014
被自己吓死的公鸡　/ 017
谁最愚蠢　/ 018
偷栗子的猴子　/ 021
笼子里的狐狸　/ 023
家兔和野兔　/ 025
小白兔脱险记　/ 027

熊猫请客　/ 030
猎犬和兔子交朋友　/ 032
兔妈妈的教训　/ 034
鹰犬的命运　/ 035
熊之死　/ 036
秃鹰的天气预报　/ 037
拉碾子的驴　/ 038
蚊子、苍蝇求生之道　/ 039
蚂蚁和大象　/ 041
喜鹊智取核桃仁儿　/ 043
骡子回答驴子和马的嘲笑　/ 045
公鸡照镜子　/ 046
燕子和麻雀　/ 047

001

狐假虎威以后 / 048
戴上眼罩的驴子 / 050
黄鼠狼吃鸡的哲学 / 051
老鼠内讧 / 053
看不见自己尾巴的兔子 / 054
动物统一着装 / 055
老鼠买鼠药 / 056
消失的森林野兽 / 058
大象和青蛙 / 059
狼扮牧羊犬 / 060
谁是老虎的朋友 / 061
老鼠告状 / 062
瘸腿猴子的"绝技" / 064
蝈蝈和螳螂 / 066
善鸣的母鸡和默默
的母鸭 / 067
老虎和鼹鼠 / 069
跳蚤戏武士 / 070
饿死的狐狸 / 071
青蛙的才艺 / 072
青蛙、乌鸦、驴子和
百灵鸟 / 073
丑陋的蝴蝶 / 074
一只腿的公鸡 / 075
狐狸和熊比力气 / 076

蚂蚁和乌龟 / 078
蚊子和石人 / 080
老虎"纳谏" / 082
狼吃斋 / 083
老虎减肥 / 084
猫吓死了小麋鹿 / 086
跟猫嬉戏的老鼠 / 087
驴子的报酬 / 089
猴子求师 / 090
水盆里的月亮 / 091
没有朋友的狐狸 / 093
老鼠和啄木鸟 / 095
布谷鸟的叫声 / 097
秃尾巴的牛 / 098
聪明的兔子 / 101
骄傲的公鸡 / 104
猫头鹰戴眼镜 / 106
白公鸡化妆 / 110
风信鸡和公鸡 / 112
喜鹊的灾难 / 113
小猴穿鞋 / 115
老鼠装死 / 117
乌鸦和狐狸的新故事 / 118
忘掉了奔驰的野马 / 121
蚯蚓和蝼蛄 / 123

肯动脑筋的蚂蚁 / 125

熊的友谊 / 127

山雀旅行 / 129

老虎的弟弟 / 131

好心的小鸟 / 133

狗熊的理论 / 135

驴子报晓 / 136

乌鸦和鹦鹉 / 137

老马迷路 / 138

鸵鸟和猎豹 / 139

辑二 丢掉影子的小偷

皇帝的棋艺 / 143

禁锢的"名画" / 145

集邮者的发财梦 / 147

奴隶与国王 / 149

狼与猎人的舌战 / 153

丢掉影子的小偷 / 155

和尚和神像 / 156

无奈的画家 / 158

明星的签名 / 160

锁子保树 / 162

一个烧饼 / 163

说真话的骗子 / 165

小偷的自白 / 166

画蛇成龙 / 167

假盲人张三 / 169

"夜盲症"患者智

戏小偷 / 170

猎人之爱 / 171

自行车的故事 / 173

大夫生病 / 174

易财用餐 / 175

宰予成名 / 176

焚书 / 178

买钻戒 / 179

桃花源人的见闻 / 181

收稻留根 / 183

智者算命 / 184

古代机器人的失误 / 185

佛祖和魔鬼 / 186

滥竽充数续篇 / 187

滥竽充数的南郭外传 / 189

拍马屁 / 191

采药人的绳子 / 192

烤鸭和大葱 / 193

饭店的失误 / 194

泼妇"自杀" / 195

开门揖盗 / 197

靠"文庙"牌子赚钱 / 199

张乙幽默拒盗 / 200

英雄和他的雕像 / 202

"聪明"的文物鉴定家 / 204

杞人子孙的余悸 / 205

伐树摘果 / 206

耗子成"仙" / 208

善于判断的老头儿 / 210

见异思迁的猎人 / 212

耍嘴的巫婆 / 214

保鱼丢米 / 216

王五儿子的死 / 218

马富睡觉 / 219

父子夜行 / 220

无神论者的狡黠 / 221

背影丽人 / 222

老甲换锁 / 223

辑三　一个豆子的悲剧

真假蜡烛 / 227

迎春花和蔷薇 / 228

攀附松树的藤萝 / 229

车轴的"歌声" / 230

自行车轮子的争论 / 231

时间与空间 / 232

甲、由、申、田的对话 / 234

秋天和春天的对话 / 236

星星和彗星 / 237

不安分的木乃伊 / 238

唐三彩和他的仿制品 / 239

一颗豆子的悲剧 / 240

地球为什么和太阳
保持距离 / 241

树和树荫 / 242

天平上的砝码 / 244

断线风筝 / 246

回声 / 248

火车和轮船 / 249

辑一 野猪卖香气

动物园的新老猴子

动物园里来了一只新猴子。他初来乍到,有点不知所措。一切看老猴子行事。

一位游客扔进了食物,老猴子马上冲上去抢,新猴子虽然也伸了伸手,但不敢认真跟老猴子去争夺。老猴子抢到一只香蕉,非常高兴,皮怎么剥不下来?而且还疙疙瘩瘩。管他呢,连皮一起吃吧!越嚼越不对劲,怎么这么苦。原来那是一根苦瓜。

老猴子苦得原地转了一圈,想吐出来,扔掉苦瓜。这时候他发现新猴子在旁边正馋涎欲滴地看着他。心里琢磨:刚才这家伙不是也伸手了吗?人家刚从森林里来,见多识广,什么没吃过。既然连他也想吃,肯定是好东西。我进园子这么多年,与外界隔绝,外面的世界丰富多彩,变化万千,说不定这就是培育出来的香蕉新品种,可能本来就是这个味道。哪能少见多怪,不能在新来的住户面前丢脸,让他也看看我们不是土老帽。吃!于是把准备要吐出来的苦瓜,挺挺脖子硬是咽了下去。龇牙咧嘴地苦笑着,若无其事地赞美:

"味道好极啦!"

老猴子心里有"苦"难言。突然灵机一动:看新住户那馋相,何不做个顺水人情,分给他一半,于是友好地说:

"你好,我的新邻居,送你一半好吃的香蕉。"说着就把剩余的苦瓜折断了。

新来的猴子一面表示感谢,心里一面琢磨:早就听说园子里生活条件好,吃喝玩乐不用愁,一天到晚人伺候。果然不错,这里的香蕉跟外面的都不一样,个大带疙瘩。虽然是第一次看见,从没品尝过,但也不能让这里养尊处优的老住户觉得咱没见过世面。于是说:

"谢谢,这种香蕉很特别,也很好吃,味道不错。"

接着就一口一口津津有味地吃起来。虽然苦涩难咽,还是强作欢颜。新来的猴子很快就把半根苦瓜艰难地塞进了肚皮。

猴子吃苦瓜的事,让饲养员发现了。从此,猴子又添新食品——苦瓜。

一天,一位游客恶作剧,扔进几只火红朝天椒。老猴子们谁也没见过,不赶贸然去拿,都看着新来的猴子。人家在外面识多见广。新猴子一看红红的,以为是红枣,心想:嘿,这年头,什么新鲜事没有?老住户们不吃,大概是吃多了,现在要考验考验我,看我见没见过尖红枣,敢不敢吃。关键时刻,别丢了份儿,讥笑咱不识货。好,看我的!他拿在手里,还故意向在座的老猴子们显示一下。接着一下塞进嘴里,大嚼起来。结果辣得他浑身冒油,两眼喷火,屁股血红，抓耳挠腮，又蹦又跳。

老猴子个个目瞪口呆。小心翼翼谦恭地问他：

"这是什么水果？口感如何？"

新来的猴子以为是在讥讽自己，硬着头皮回答：

"这水果真地道，热量太高了。你们看，我都不能控制自己的身体了，舞之蹈之飘飘然。冬天吃了不怕冷，全身发热；夏天吃了多排汗，毛孔清爽。在森林里这东西是家常便饭。"

老猴子大开眼界，人家到底是从森林里来的，见过世面。于是，老猴子们也竞相吃起辣椒来。虽然辣得难受，但谁也不吭一声。

饲养员一看猴子居然能吃辣，而且吃了朝天椒，个个抓耳挠腮，活蹦乱跳，招来了大批游客，增加了动物园的收入。这样朝天椒又上了猴子的菜谱。

从今以后，猴子的生活火"辣辣"地"苦"。但是新老猴子都认为对方领导着饮食结构的时代新潮流，谁也不想让对方把自己看作没见过世面的土包子，所以个个表现得很快乐，苦瓜、朝天椒吃得很尽兴。

野猪卖香气

野猪开了一座"野猪林饭店"。顾客不多,生意清淡,赚不了钱。

野猪就想了一个办法。凡是在饭店附近出现的动物,他都要收钱,名曰"闻香费"。逗留时间越长,收的越多。

一天,一只兔子从饭店门前经过。野猪拦住他收费。

兔子说:"为什么要收钱?"

野猪蛮横地说:"因为你闻到了我饭店饭菜的香味儿。"

"闻到气味难道也付钱吗?"

"吃饭付钱,喝饮料付钱,闻味儿也是一种享受,为什么不付钱?"

兔子说:"我是素食者,从来不食荤腥。你饭店的荤腥气味,对我来说哪里是什么享受,简直让我恶心呕吐。"

"恶心不恶心,不关我的事。反正我的香味已经流失了,已经进了你的鼻腔。拿钱来!"野猪看了看表,说:"从我饭店门前走一趟,按一分钟五块钱的最低消费交钱。你刚到的时候是八点五分,现在已经是八点半了,也就是说你在我这里享受了二十五分钟的香味。就应该付一百二十五块钱。"

兔子一看,如果再跟他理论下去,还不得倾家荡产。于是就连忙如数付了"闻香费",匆匆离去。其他小动物,像鼹鼠、黄鼬、蛇、刺猬、野鸡、野狗、黄羊、山猫等都因为"闻香费"受过野猪的敲诈勒索。

狐狸听说以后,义愤填膺。于是带着大家去了"野猪林饭店"。

野猪热情招待:"狐狸老弟,欢迎欢迎,大家要用点什么?"

狐狸往椅子上一坐,说:"我们今天不用餐,是来闻气味的。"

野猪非常高兴,心想:这不是白送钱吗?

"好好好,诸位打算闻多少时间?时间长了,可以优惠。"

狐狸财大气粗地说:"你的饭店今天一天我都包了,请朋友们聚聚。不要再接待其他客人。"

野猪乐滋滋地在门口挂上"今日盘点,暂停营业"的牌子。

狐狸对他的朋友们说:"好,现在大家可以随便点你们爱闻的香味。"于是大家点了各自喜欢的菜肴,个个不同。

野猪让厨师赶快烹饪起来。各种香味充满了餐厅。

狐狸气急败坏地把野猪找来,质问他:"怎么把我们每个人点的气味都杂烩在了一起?酸甜苦辣各有所爱,这样混在一块让我们怎么去闻?快把各种气味分开!各人享受各人的。我们不是来闻大杂烩的。"

野猪一听傻了眼,知道来者不善。立刻赔着笑脸说:"狐狸大哥,这气味怎么分得开呢——"

"谁让你几个菜同时做呢?一个一个地做,不就行了吗?"

野猪没有办法,只好打开风扇,吹散了饭堂的气味。让厨师一个菜一个菜地按顺序重新来做。

"红烧排骨气味好了!请野狗先生嗅闻。"野猪吆喝着。

于是野狗就坐在那里闭目深呼吸。野猪一旁计时。

一个小时过去了,野猪征求狐狸的意见,是不是可以上第二道气味了。

狐狸说:"你闻闻,整个大厅还是红烧排骨味。如果接着上第二种气味,不又成大杂烩了吗?就跟吃完饭不洗盘子一样,怎么行?快把红烧排骨味清理掉。"

野猪无奈,又打开排风扇,又喷了空气清新剂,忙活了半天,狐狸闻了闻勉强同意上第二道气味。就这样重复折腾,把野猪饭店的全部人马搞得筋疲力尽。

这时候,天已经黑了,狐狸带来的朋友们都闻过了自己喜欢的气味。

野猪说:"狐狸老兄,现在可以结账了吧?"

"可以,"狐狸痛快地回答,"请你把剩下的气味,每种都打个包,我们带回去。"

"啊——"野猪吃惊地叫起来,"你这不是刁难人吗?气味怎么能打包?"

"你既然能卖气味,就应该能把气味收集起来。快分开打包……"说着又把野猪拉到操作间,对着每样菜闻了闻说:

"你看，每种菜还都散发着香味呢，我们是花了钱的，不能浪费，必须把所有的香味带走。"

野猪知道自己不是狐狸的对手，认输了，哀求说："您也别难为我了，今天闻味的钱我不收了还不成吗？"

狐狸非常认真地说："闻香怎能不付钱，一分也不能少；包还是要打，气味一点不能留下。这是两回事。"

野猪说："气味是没办法打包的，即使能打包，菜一直散发着气味，也不可能完全带走啊。"

狐狸假装思考了半天说："要不，这样吧，你让我们把菜带回去，不就把气味全带走了吗？什么时候气味散发完了，再把菜送还给你。这样，我们的钱没白花，你的服务也到位了。两全其美。"

野猪一听，灵机一动，高兴地说："好，可是丑话说到前面，你把菜肴拿走，也就是说我们不断地供应着气味，让你们享受。这个时间我是要收费的。"

"当然，按时记价，这样你可以多收很多钱呢。"狐狸痛快地答应了。他的朋友们面面相觑。

于是狐狸带着朋友，带着美味佳肴，高高兴兴地离开了饭店。让大家回到家里就把饭菜吃掉。胆小的兔子说："将来不是还要把饭菜还给野猪的吗？"

狐狸说："大家放心吃吧，我自有办法。"于是他们个个美美地饱餐了一顿。

野猪心想，都说狐狸狡猾，我看就是一个白痴。过了两天，野猪一算：一分钟五元钱，两天得多少个一分钟。哈哈，我要发大财了。

他立即派小伙计找狐狸去催讨饭菜和气味钱。小伙计说："两天了，饭菜早馊啦。还有什么用！"

野猪悻悻地说："拿回来当肥料！账算清了，一分钱也不优惠！"

小伙计见了狐狸，申明来意。狐狸狡黠地笑笑说："你掌柜的也忒着急了，我不会赖账的。不过菜的气味还没散发完呢，怎么结账？"

"还没散发完？恐怕早就臭了吧！"

"不管香味臭味，都是气味啊。只要有气味，我们就要永远闻下去。告诉你老板好好计算着时间，等着收我们的'闻香费'吧！"

小伙计回去原原本本给野猪做了汇报，并安慰老板："咱们就耐心等待吧！"

野猪说："笨蛋，还等什么！菜肴即使臭了、烂了、干了，永远都会有气味。狐狸给我们开的是一张无限期的空头支票！"

蝙蝠受宠

蝙蝠样子丑陋,既不像鸟,也不像兽,所以鸟和兽都不屑与他为伍。

鸟类发言人鹦鹉说:"他哪一点像鸟?我们都有一身美丽的羽毛。蝙蝠呢,浑身溜光,一毛不长,活是一只会飞的光屁股老鼠!"

兽类发言人狐狸说:"他是什么兽?俗话说'飞禽走兽',会飞的当然是鸟,在地上走的才是兽。他整天飞来飞去,还经常用爪子倒挂在树枝上。不就是一只褪了毛的老家雀吗?"

蝙蝠没法认祖归宗,羞愧难当。白天不敢出门,从此就养成了昼伏夜出的习惯。

最近蝙蝠境况大不相同。人们纷纷赞美他爱吃蚊蝇,有益于人。有人还说,古代会飞的恐龙——翼龙早已绝迹了,看蝙蝠夜间飞翔,可以让人回到蛮荒时代,发思古之幽情。蝙蝠靠超声波辨别事物,视力很差,却能避开障碍,自由飞行。按照仿生学这种特异功能很有开发价值。有的地方蝙蝠群居在洞穴中,他们的粪便是优质肥料——蝙蝠声名鹊起,震动了动物界。

于是鹦鹉举行了记者招待会:"我今天严正声明,我们再也不能坐视兽类对我们亲爱的同胞蝙蝠长期以来的诬陷和侮辱了。轻蔑地说他是一只褪了毛的老家雀。老家雀有什么不好?蝙蝠兄弟身上没毛,正是他的独到之处,使我们鸟类世界更加丰富多彩。说什么他不敢白天出来是因为自己鸟不像鸟,兽不像兽。这更是一派胡言!他的夜间活动完全是出于对猫头鹰的关爱,他怕猫头鹰夜间独自出来太寂寞。兽类居然说蝙蝠是他们的同类。真是滑天下之大稽!我们都会飞翔,蝙蝠兄弟也不例外。奉劝兽类诸君查查你们的兽谱,哪位有过遨游太空的壮举……"

这时,狐狸作为兽类发言人也举行了记者招待会:"今天我们必须对鸟类过去对蝙蝠的讽刺挖苦,做出明确的表态。蝙蝠兄弟身体光洁,也成了他们攻击的口实。这有什么可大惊小怪的!我们海里的众兄弟,像鲸鱼、海狮、海象、海豹哪个不是全身光洁如绸缎?俗话说'飞禽走兽',这话是不准确的。难道只有禽才会飞吗?历史记载,过去我们有很多翱翔天空的能手,像天马、神龙、翼龙……遗憾的是他们都先后绝迹了。只有我们的蝙蝠兄弟在鸟类的辱骂中艰难地生存下来。有他的存在,我们才能保持独有的陆、海、空全面生存的空间。所以我们要加倍地珍爱他、呵护他。最近鸟类声称蝙蝠属于他们的族类,真是天大的笑话!你们鸟类中能找出一个用母乳喂养下一代的吗?"

鸟、兽双方都对蝙蝠表现出空前的热情。蝙蝠却不为所动,他现在已经不在乎自己的族类了,依然按照自己的固有方式自由自在地生活着。

熊猫判案

兔子把猴子告上了动物法庭。告猴子用猎枪杀害了她的双亲和子女。

猴子为自己辩护:"不错,是我扣动的扳机。但是扳机完全可以自行其是,出点故障,不就没事了吗?他却灵敏异常,我稍微一动他,他立刻做出反应,而且给我提供了瞄准兔子的精确准星。不然,我哪里有那么好的眼力,不要说离得那么远的小小的兔子,就是鼻子底下有只大象我也击不中啊。希望熊猫法官明断。"

猎枪为自己辩护:"我是一个任人摆弄的工具。猴子不扣动我,我连个烧火棍都不如,我难道会自己发动吗?是的,我有准星,你完全可以不用嘛。相反你却用得那样认真,睁一只眼,闭一只眼,生怕瞄不准。还有子弹,你的性子也太暴躁了。我一碰你,就发火,大喊一声,立即像箭一样对准兔子一头撞去。你可是直接的凶手。如果你的性子稍微好一点,装聋作哑,也就不至于有今天这场官司了……"

子弹一听,火暴性子又爆发了,打断了猎枪的话:"还说呢,正是你在我屁股上猛踹一脚,硬是把我踹出了枪膛,力量是那样大。以至于我身不由己,不得不按照你们事先设计好的路线猛跑。我哪里知道你们背后策划的阴谋,让我在半路上正好撞死了兔子。我冤不冤!"

熊猫法官一时难于判决,宣布休庭。

第二天熊猫出了一张布告,说有一只野猪经常伤害家畜,作恶多端。最近却发现已被打死。希望为民除害者到法院说明情况,法院将予重奖。

猴子、猎枪、子弹闻讯,急急赶到法院。争说打死野猪自己立了头功。

猴子说:"是我首先产生的杀死野猪的念头。如果没有我这个想法,不用你猎枪,就是竖在那里一百年,也顶不上一根烧火棍。还有子弹,我要不把你压进枪膛,你就会锈成一个铁疙瘩,一辈子碰不了野猪的一根毫毛。我不扣扳机,猎枪你会自动反弹吗?子弹你会飞出去吗?"

猎枪也不示弱:"猴子,没有我,就凭你这把瘦骨头,还能打野猪?让野猪吃了都嫌肉少。你不扣扳机,我不会发动;但是我也可以消极怠工,不配合啊。没有我的准星指示目标,你就瞄不准。子弹,没有我在你屁股上狠踹那一脚,惹起你一肚子火,你会跑出去?没有我的准星指路,你找不着北,还能找到野猪?"

子弹是直接杀死野猪的,当然不服气:"说一千道一万,最后和野猪接触,导致他死亡的是我。猴子把我压进枪膛也好,猎枪激怒我也好,如果我始终保持冷静,不发火,你们的心计都是一场空。"

听了各自的陈述，熊猫宣布现在马上开庭审理兔子状告猴子、猎枪、子弹一案。

熊猫说："刚才听了猴子、猎枪、子弹关于对猎杀野猪一事功劳大小的陈述。现在只要把野猪换成兔子，兔子全家被害一案也就真相大白了，你们已经做了最好的供状。现判决如下……"

猴子、猎枪、子弹犹如大梦初醒，对刚才的陈述后悔不迭。此时无话可说，都很惭愧。

被自己吓死的公鸡

公鸡领着一群母鸡悠闲地过着平平安安的日子。有一天,有人在他的尾巴上绑上了一根纸条做的彩旗。美好的生活一下子就被打破了。

公鸡发现自己身后有一个可怕的"魔鬼",走到哪里跟到哪里,永远摆脱不开。风一吹哗哗作响,吓得他魂飞魄散,夺命狂奔。他跑得越快,彩旗晃动得也越厉害,发出的声音也越大,"魔鬼"紧追不舍,时刻威胁着他的生命安全。

公鸡嘎嘎惊叫,死命飞奔,东躲西藏,企图逃出死亡的阴影,但"魔鬼"始终紧随其后。

他不停地跑啊跑,惊吓劳累,肝胆俱裂,终于死在亡命途中。到死他也不明白"魔鬼"怎么会盯上了自己。

谁最愚蠢

对"蠢驴"这个称呼驴子非常不满。他百思不得其解，我耳朵这么长，听觉很好；我的眼睛像铜铃，能明察秋毫；我声音洪亮，可见我有音乐的天赋。如果像我这样叫"愚蠢"，那么世界上那些美好的词汇：聪明、智慧、敏锐、天才……还有必要存在吗？

为了显示自己的聪慧，他绞尽脑汁，想出了三道难题。邀请鲤鱼、羚羊、苍鹰做代表到家里做客，考考他们看谁最愚蠢。

三位客人按时到达。驴子首先发表了一篇演说："各位先生，你们都是水、陆、空三界出类拔萃的代表。今天可以说是智慧头脑的大聚会。趁这个机会我有几个问题想请教诸位。当然，这些问题对我来说早已是成竹在胸，主要是了解一下我们动物界的精英是不是都有这样的知识水准。

"诸位都知道我有一个雅号'蠢驴'。当然，我很清楚这是由于嫉妒我的非凡才智的恶意中伤。也可以理解为我的'粉丝'正话反说的褒扬……"

鲤鱼不耐烦他的唠叨,催促他:"先生,时候不早了,还是把问题提出来吧。"

驴子遗憾地中断了演说。于是就先向鲤鱼发难,提出了第一个问题:"鱼为什么在水里不向下掉,还能向前爬?"

鲤鱼马上纠正他:"不是向下掉,是沉;不是向前爬,是游。"

"对,对,这个我清楚,意思是一样的嘛。"

对于驴子提的问题,鲤鱼自然最有资格回答。他详细说明了鱼在水中游动沉浮的原理。驴子还是第一次听到什么"鳔""鳍"这些名词,大长见识。心想,真是小看鲤鱼了,能回答这样深奥的问题,天才啊。但是口上却说:"回答的还可以,当然还很不够。下面请羚羊小姐回答第二个问题,野兽为什么在地上能游得那么快?"驴子很得意自己用上了"游"这个刚学来的词。

可是羚羊小姐立刻对他说:"我们不会在地上游,是跑。"

"游,不是更形象吗?跑当然也可以了!"驴子自以为很幽默,咧着大嘴哇哇笑了。

羚羊的回答让驴子非常惊异。自己跑了这么多年,始终不明白四条腿跑起来为什么不碰撞?羚羊的解说解开了他的谜团。为了显示自己的渊博,也不断插话,做些他认为很重要的补充,例如,野兽所以跑得快,是因为有四条腿……

最后一个问题是:"鸟为什么能在空中跑?"

"驴子先生,我们不会在空中跑,只会飞。"苍鹰讥讽地说。

驴子自我解嘲说:"总之都是向前,别人用腿跑,你们怎么用翅膀跑?"

苍鹰懒得跟他搅和。就讲了如何展开双翼,搏击长空,扶摇直上蓝天的绝技。

智力测验结束了。驴子很纳闷,他们怎么都回答得这么好?到底是谁最愚蠢呢?他一抬头,看到黄莺正在注视着他。驴子像遇到了救星,马上问她:"黄莺小姐,刚才的智力竞赛你都看见了吧?"黄莺点点头。"那好,我现在就让你判断一下,也可以说是对你的一次智力测验,今天谁最愚蠢?"黄莺不紧不慢地说:"当然是你最愚蠢了。"驴子一听暴跳如雷,哇哇大叫:"你这是污蔑!"黄莺接着说:"你用他们最熟悉最了解的问题来测验他们的智力,难道你还不是最愚蠢的吗?"驴子张口结舌,一句话也说不出来。

偷栗子的猴子

三只猴子共同拥有一棵栗子树。

栗子快熟了,他们商定轮流值班看守。将来收获了,贮藏起来,备过冬的口粮。

一只猴子去值班,发现有的栗子已经熟了,馋得直流口水。心里盘算:一树栗子成千上万,我偷偷吃一点也不过是九牛一毛,不会发现。于是就把熟了的栗子摘下来吃掉了。肚皮涨得像面鼓。

第二天,另一只猴子来看守。一看树枝上有不少新摘的疤痕,地上有一堆栗子壳。他想肯定是第一只猴子搞得鬼。既然这样,谁也不是傻瓜!于是第二只猴子拣那些半熟的栗子吃了。肚子圆得像西瓜。

第三天,第三只猴子来执勤。一检查,栗子少了很多。心里琢磨:原来都是口是心非,两人合伙盗窃,把我蒙在鼓里。有便宜大家占,好,看我的!于是第三只猴子把那些刚刚能吃的栗子全吃了。肚子撑得活像一个皮球。

三只猴子谁也不揭发谁,谁都怕自己比别人吃得少,暗暗进行着一场偷窃比赛。

不久,栗子树就只剩下光秃秃的枝条了。

冬天来临,大雪纷飞,天寒地冻,三只猴子没有一点存粮,都被活活饿死了。

笼子里的狐狸

从前,有一个行走江湖的马戏团,捉住了一只作恶多端的狐狸,于是把他装进了铁笼子,和其他动物一起到处展览。

狐狸自由自在的日子结束了,恨得他咬牙切齿,整天在笼子里转来转去,千方百计想逃出铁笼。

有一天,主人出门了,留下十岁的儿子看家。狐狸暗喜,千载难逢的机会到了。他扮了一副笑脸,毕恭毕敬地对小主人说:"善良仁慈的小菩萨,您好。我真不知道应该用什么样的言辞来表达我对您一家的谢意。"

孩子很奇怪,打断他的话说:"把你关进了笼子,心里不知道怎么恨我们呢,还会感谢?"

狐狸连忙解释:"这是哪里的话,想想我过去的日子,真是不堪回首,白天生活在坟地墓穴里,又黑又潮,又脏又臭;夜间出来行窃,翻墙钻洞,提心吊胆。不知受了多少风吹雨打,结果还是不得温饱。在我的记忆中就没睡过一个安稳觉。"说到这里,狐狸还挤出了几滴眼泪。

"自从主人收容了我这个可怜的流浪儿,再也不必担心猎犬的追逐，再也不用害怕虎豹的怒吼。饭菜按时送来，日子安逸富足。最近你没发现我胖得都有点臃肿了吗？"

"小主人你说我失去了自由，自由值多少钱？这样幸福的摇篮我哪里去找？"狐狸故意欣赏了一下自己的铁笼子。

孩子听了狐狸的一篇演讲，感到全家都上了狐狸的当。本来是要惩罚他的，没想到倒让他享起太平福来了。他越想越生气，立即把门上的锁打开了。大声呵斥着："滚，我们不会再上你的圈套了，别想再让我们来伺候你，还是过你担惊受怕的日子去吧！"

狐狸正要冲出笼子来，主人回来了。他抢上一步，飞快地锁上了笼子。问清了前因后果之后，又在笼子上牢牢地加了一把锁。

狐狸逃跑的计划失败了，又被关进了笼子里。

家兔和野兔

一只白色的长毛家兔遇到了一只褐色的野兔。

家兔夸耀自己的生活安逸富足:"住,不用自己打洞,主人给建造了木头房子,夏天还挖了地下室,阴凉舒适;吃,不用到处奔波觅食,一日三餐主人送,嫩草、菠菜、大白菜,四季供应不间断。"

他理了理身上的毛说:"你看我吃得又白又胖,这一身雪白的毛又长又细又柔软。主人还经常给我梳理。你看,你那一身皮毛,黑不黑,白不白,又粗又硬,真难看!手脚这么粗壮,显得那么笨拙。你瞧我,小脚细手多灵巧。"

"可是你跑不快,跳不远啊。"野兔不服气地说。

"跑那么快干什么,我连路都不用走,主人提着我的耳朵,从这里到那里,像是坐飞机……"

家兔正在吹嘘,突然来了一只狗。野兔撒腿就跑,狗在后面追赶。野兔四肢强健,一溜烟跑掉了,找到一个土坑藏了起来。褐色的皮毛跟土地一样颜色,迷惑了狗的眼睛。

狗回头又来追家兔。家兔从没练过奔跑,纤细的四肢没有一点力气。他拼命地跑了一段路，也想躲藏起来，可是白色的毛像一团雪球，在野地里非常刺眼，瞒不过狗的眼睛，狗扑上去就把家兔抓住了。

小白兔脱险记

森林多美啊，早晨的阳光透过松树碧绿的枝叶泻在地上，像一幅幅蝉翼般的白纱。空旷的草地上，露珠闪闪发光，像洒满了珍珠。小白兔在这里玩得多快活啊。

在森林的边沿上，小白兔发现了一个黑咕隆咚的深坑。他小心翼翼地趴在坑上沿往下一看，看到一只棕熊正在坑里"呼哧呼哧"地喘气，两只前爪在那里乱抓乱挠。

小白兔大着胆子问："先生你在里面干什么呢？"

棕熊抬头一看是小白兔，心里乐坏了：这下子可以得救了。原来他掉进了陷阱里。

棕熊神秘地对小白兔说："你可千万保守秘密：我在挖宝贝呢。一个人干实在太累了，假如你肯下来帮我一把，宝贝可以平分。怎么样？这可是天上没有，地上难寻的东西。"

几句话引起了小白兔的好奇心：宝贝？不妨下去见识见识。就对棕熊说："挖出宝贝要平分，说话要算数。"

"我是最讲信用的，可以用我的名誉担保，我怎么能欺骗一个天真无邪的孩子呢。"

小白兔相信了棕熊的话,跳进了深坑。

他刚一落地,棕熊就把他抓住了,马上变了一副凶相,冷笑着说:"你可跑不了啦,愚蠢的兔子,我在这里待了一天一夜,饿得前胸贴后背了。你可真是我救命的菩萨,送上口的饭菜。"说着就要动手剥兔子的皮。小白兔吓坏了,可是他急中生智,立刻镇静下来,"嘻嘻"地笑了。棕熊倒奇怪了,恶声恶气地说:"你死到临头了,还顾得上笑。"

小白兔不慌不忙地回答:"我笑你个头大脑子小,怎么这样蠢!"棕熊一听火冒三丈。小白兔不等他插嘴便接着说:"你想吃掉我,我才几两肉?吃掉我难道你就能逃出陷阱吗?就是吃掉我,你也出不去,不饿死也得让猎人捉去,为什么不请我给你想想办法,帮你逃出去呢?"

棕熊一听有点道理,马上笑眯眯地问小白兔有什么办法,同时把他放开了。

小白兔舒了一口气,胸有成竹地说:"我先踩着你的肩膀跳出去,再放下绳子来救你,一举两得,你看怎么样?"

棕熊说:"不,不,还是让我踏着你的肩膀先出去吧。这一夜的滋味我可尝够了。"

小白兔说:"你真'聪明'!我身矮力小,哪能拖得动你?把我一脚踏死了,咱俩就永远和森林告别了。"

棕熊勉强同意了小白兔的意见。

小白兔踏在熊的肩膀上,棕熊直立起来,小白兔纵身一跳,跃出了陷阱。

棕熊高兴地喊着:"快,快,快拿绳子去!我一分钟也待不下去了。"

小白兔掸了掸身上的土，理了理毛，趴在坑沿上对棕熊从从容容地说："先生，还是先挖你的宝贝吧。我想猎人一定会来救你的。"

棕熊大骂小白兔不讲信用。

"对骗子是讲不得信用的。"小白兔说完，就跳着唱着离开了陷阱。

熊猫请客

熊猫夫妇在森林里人缘不错,自己的祖先过去是肉食,现在自己是素食,所以吃荤吃素的动物界都有些朋友。夫妇两人准备请新老朋友聚一聚,吃顿饭。准备拟一个名单。熊猫丈夫当然首先想到了狮子和老虎。妻子却坚决反对:"狮子、老虎为了争论谁是兽中之王,各不相让,几乎不共戴天。怎么能在一起吃饭?"

"那就不请他们?"

"那怎么行呢,他们是山林两霸,不请他们,咱们可得罪不起。"

"那还是请吧!"

"请这两霸来,别的朋友见了他们都打哆嗦,生怕自己成了他们的盘中大餐,谁还敢来赴宴!"熊猫妻子提醒丈夫。

狮子老虎的问题先放一放,两人先考虑其他客人。一拉名单,更加难办。猫、鹰和老鼠、鼹鼠不能见面,狗和兔子是世仇,蟒蛇经常吞吃鸟蛋,鸟们恨透了他。狼和羊积怨很深。斑马、野牛过河时曾遭到鳄鱼的捕杀,他们永远忘不了鳄鱼的残忍。……熊猫夫妇讨论了半天，名单无法落实。他们请来了足智多谋的狐狸给出出主意。狐狸说："这好办，可以分拨宴请啊。比如狗和耗子可以同时请，俗话说'狗拿耗子多管闲事'，说明狗是不管耗子的事的。"

"可是，请客的前后顺序应该怎么安排呢？先请狮子、老虎吧，人会说，真会溜须拍马，看不起没权势的朋友。先请弱小的朋友吧，狮子、老虎肯定会发怒，说眼里没有他们。怎么办？"熊猫丈夫提出了新的问题。

"要不你就晚上偷偷地一拨一拨地分别宴请？"狐狸也有点为难。

熊猫妻子摇摇头说："不行，不行，这样鬼鬼祟祟的，人家还以为咱们搞什么见不得人的勾当呢。花自己的钱，费自己的力，还要偷偷摸摸，这是何苦！没想到请人吃顿饭也这么困难，怎么会这样？"

狐狸若有所思地说："真没办法！咱们动物界关系的复杂和咱们的多虑，限制了我们决断的自由啊。"

猎犬和兔子交朋友

猎犬代表祖先向兔子悔罪:"小兄弟,我真不知道我们这一家子怎么啦,打从老爷爷算起,不知道都吃了什么迷魂药,鬼迷了心窍,残忍狠毒,一直欺负你们。老天评评理,谁有你们一家子胆小善良。我打一生下来,就背叛了祖训,决定跟你们做好朋友。我一想到你们生活的惨状,就不禁要落泪。"猎狗用爪子揉了揉眼睛。兔子的眼圈也红了。

猎狗接着说:"我本来是很爱吃白菜的,但是自从知道你们特别喜欢吃白菜以后,就下决心从此改变食性,绝不跟兄弟你争食。当然这是一个很痛苦的过程,有什么办法呢?谁让我天生的乐善好施呢。所以今天我把所有的白菜都拿来送给你,作为友谊的纪念吧。"

兔子感激地接受了几棵叶子已经发黄的白菜。兔子感动地说:"说起来惭愧得很,坦率地说过去还真是误解了你。我的爸爸临终时耳提面命地告诉我,千万记住猎犬是我家的天敌。所以我过去对你一直存有戒心和敌意。看来是我错怪你了。过去的事情就让它过去吧,让我们重新做朋友。"

兔子自认为有了猎犬做靠山，居然大白天闯进菜园子糟蹋白菜和胡萝卜。不久，兔子就到处宣扬猎犬的大慈大悲，还介绍不少小动物去拜见猎犬。可是谁也没有回来。后来大家才知道兔子干的是卖友求荣的"肉贩子"，于是，大家都远离了他，以免成了猎犬的盘中餐。猎犬的肚皮渐渐瘪了，饥饿难耐，于是又来找兔子。看到兔子一身好膘，不禁垂涎三尺。强忍着涎水，对兔子说："你看，我都饿成什么样子了！朋友，难道你就没看见？"兔子看看自己滚圆的身子，再看看猎犬的瘦骨嶙峋，不免有点内疚。于是对猎犬说："我再给你找些小动物来。"猎犬说："你的花招不灵了，谁也不会靠近我。现在能救我的只有你。"兔子疑惑地看着猎犬："你这是什么意思？"

猎犬诚恳地说："兔子兄弟，你看天气慢慢冷了，农民的白菜、萝卜也都收获了。再来上一场大雪，没有吃的，你的日子很难过啊。现在我的肚子空荡荡的，你完全可以到我的肚子里来，那里面非常温暖，吃喝不愁，你再也不用担心严冬的饥寒交迫了。把你带在身上，我虽然辛苦点，可是谁让咱们是朋友呢。"

兔子睁着惊恐的眼睛说："你是不是要吃掉我？这样你跟你的祖先还有什么两样？"猎犬笑眯眯地回答："话不能那样说。我的祖先完全是为了自己而牺牲了你们。我完全是为了朋友少受饥寒之苦，而不惜自己受累。"兔子想掉头逃走。猎犬上前一下子抓住了他，笑着说："你这可就不够朋友了，跑什么？你可不要辜负了我的一片心意啊。"

兔妈妈的教训

兔子家的地洞塌过,兔妈妈受过重伤。

兔妈妈教育孩子说:"记住,地洞是最危险的!除了晚上万不得已,千万不要待在里面。"

小兔子说:"奶奶告诉我,猎犬才是最危险的。"

兔妈妈说:"我活在世上这么多年,从来没遇到过什么猎犬。反倒是地洞砸伤了我,落下个头疼的病根。"

这时候,一只猎犬突然出现了。小兔子很快钻进洞里躲藏起来。兔妈妈却犹犹豫豫不敢进去,结果被猎犬杀死。

从偶然中总结出普遍的教训是靠不住的。

鹰犬的命运

猎犬身体发福,行动缓慢,像只小肥猪;苍鹰臃肿笨拙,飞不高也飞不远,走两步左右晃,俨然一只企鹅绅士。

猎人带它们去狩猎,追赶一只兔子。猎犬和苍鹰使尽全身解数,累得气喘吁吁,腿抽筋了,翅膀折了,可是兔子离他们却越来越远。猎人大发雷霆,苍鹰被拔了几根毛,猎犬被抽了几鞭子。三天,不给吃喝,鹰、犬身体明显消瘦。

第四天,又去打猎。苍鹰、猎犬虽然饥肠辘辘,但却身手矫健。猛力追杀野兔,斩获颇多,受到主人的犒赏。几天以后,兔子几乎绝迹,草原无物可捕。

兔子没了,可是猎犬和苍鹰的胃口却有增无减。主人厌烦了,供应的食物越来越少。苍鹰飞不起,猎犬跑不动。苟延残喘地维持着生命。

抓不到猎物受惩罚;捕捉完猎物要挨饿。鹰犬的下场大多如此。

熊之死

大山里住着一群熊,它们憨态可掬,招人喜爱。

人们投来了各种食物。开始的时候,熊只是远远地观察着,不敢靠近。后来渐渐地和人混熟了,有时还追着人要东西吃。日久天长,熊把人看成了它的朋友。

一个住在山里的老人,却从来不当面喂养熊,也竭力劝阻别人不要这样做。有时还故意向天鸣枪,企图吓跑接近人的熊。人们都骂他冷酷无情,没爱心。他自己只是在熊看不到的时候,偷偷地向山里扔些食物。

一天,终于有人用食物诱杀了这群毫无防备的熊。满足了他们对熊胆、熊掌这些贵重的良药佳肴的贪婪。

这时候,人们忽然想起了那位"没有爱心"的老人。

秃鹰的天气预报

秃鹰是山林霸主。

他夸口自己飞得最高,对气象变化最有发言权。于是每天发布独家天气预报,而且在他的预报里不是冰雹、沙暴,就是狂风暴雨,从来没有好天气。又警告大家,大鹫时时窥视,要加倍小心。搞得人心惶惶,充满冷战的紧张气氛。

秃鹰占据着一个大山洞。他希望大家都搬到洞里来住,受他的庇护,免受风雨的袭击和大鹫的伤害。山雀、野鸡、喜鹊、鹌鹑、麻雀、黄莺、野兔、松鼠、鼹鼠、青蛙等小动物听从了他的劝告,又慑于秃鹰的威严,一个个进了岩洞。

然而大自然的灾害并没降临,也没看到大鹫在天空盘旋,却只见洞里的小动物们有进无出。秃鹰也一天一天发福。

声言是救世主的人很可能是魔鬼。

拉碾子的驴

一只拉碾子的驴,成年累月围着碾盘转。

一只麻雀站在窗口问他:"你怎么整天在碾坊里转来转去,就不会出来领略一下室外的大好景色吗?"

驴子回答:"我不是一直在不停地走吗?天下无难事,只怕有心人。我确信只要坚持走下去,总有一天会走出碾坊。"

驴子持之以恒,但最终也没能走出碾坊。

蚊子、苍蝇求生之道

夏天到了，人们衣服单薄，甚至打赤膊。这样正好给蚊子家族摆下了盛宴。蚊子们着实美美地享受了一些时日，但同时也付出了沉重的代价。"啪"的一声，在人们巴掌下变成肉泥者比比皆是。幸存者也是惶惶不可终日，在就餐的同时还要东张西望，时刻防备着飞来横祸。

情急之下，蚊子族长急忙造访邻居，向一位子孙满堂的寿星蚊子求教："老先生，您家蚊丁兴旺，个个长寿。不知道您有什么长生之道？既要叮人吸血，又要绝对安全，如何两全其美？当人们举起巴掌的时候，应当怎样应变藏身？"

寿星蚊子哈哈一笑："何谈藏身！关键是选择最佳的就餐位置。"

蚊子族长急忙请教："请问哪里位置最佳？"

寿星蚊子说："根据多年经验，在人的脸颊上就餐最好。"

"这样不是太暴露了吗？"

"不，因为人们都是要面子的，在大庭广众之下，怎好意思噼里啪啦自打嘴巴。最多是轻轻把你赶走。"

蚊子族长给家族成员介绍了寿星蚊子的秘诀,果然屡试不爽,伤亡大减。

蚊子的近邻苍蝇听说蚊子求得了避险的秘方,于是也去拜访寿星蚊子。他常常遭到人们的拍打,要时时警惕来自猝不及防的危险。于是求教寿星蚊子,我们苍蝇在什么地方落脚最安全。寿星蚊子不假思索地回答:"苍蝇拍上。"

苍蝇听了半信半疑:苍蝇拍?这可是我们最害怕的杀器!这不是自投罗网吗?但既是寿星蚊子的建议,不妨试试。于是在吃饱喝足之后,就小心翼翼地到苍蝇拍上休息。果然,昔日的杀器,从此成了最安全的休憩地。

蚂蚁和大象

人们都说老虎是森林之王。实际上大象才是真正的霸主,因为连老虎都不敢靠近他。一脚能把老虎踩扁,用鼻子把老虎卷起来能摔得粉身碎骨。

有一天,一只蚂蚁却向大象提出了挑战:他才是森林的霸主。蚂蚁说:"我们的人马布满了各个角落。有严密的组织,科学的分工。干起事来,齐心合力;走上战场,前赴后继。试问,森林里哪里还有这样的群体?"

大象不屑一顾,说:"我每天散步,无意中不知踩塌了多少蚁穴,你的同类不知多少被捻成了肉泥。"

双方正在争论,一头水牛走来。他提议让双方做一次比赛:谁先游过河去,谁就是森林霸主。水牛是大象的朋友,他的提议明显偏袒大象。

大象马上响应,并且补充一条:身体的任何部位触到了对岸,就算是闯线。这样可以充分发挥他鼻子长的优势,这是大象耍的小聪明。

没想到蚂蚁居然胸有成竹地完全赞成。蚂蚁说:"你们先行一步,我要稍做准备。"说完,就不见了。

大象和水牛纳闷,这家伙吃了豹子胆?他根本不会游泳啊。就是淹不死,也会被大浪冲到太平洋里去。

大象马上下了水。水牛跟他一起前进,到对岸做裁判。

河水不深,大象很快蹚过了河。快到对岸的时候,早早就把鼻子伸了过去,刚一触到河岸。水牛立刻宣布:"大象已经到……"

"欢迎大象先生和水牛先生!"蚂蚁站在岸上大声打断了水牛的话。

大象、水牛惊呆了,这家伙是从天上掉下来的,还是地下钻出来的?

大象输了,只好承认蚂蚁是森林霸主。

蚂蚁到底是怎样过的河呢?

原来在大象出发前,他偷偷爬到了大象身上,又爬到大象的鼻子尖上。当大象的鼻子接触河岸的一刹那,他马上从象鼻子上跳下来,先一步到达了对岸。

对方优势为我所用,就能成就自己。

喜鹊智取核桃仁儿

喜鹊得到一个核桃,他非常想吃。核桃被它弄得团团转,却怎么也啄不开,吃不到核桃仁儿。

核桃壳对喜鹊说:"死了这条心吧,就凭你的嘴还想打开我坚硬的外壳?"

喜鹊没有说话,默默地想主意。最后,他把核桃扔到了一水坑里。

核桃滚到水里以后,核桃壳马上告诫核桃仁儿:"这是喜鹊的诡计,再渴也要忍着,千万不要喝水。我们要互相配合。"

水从两片核桃壳的缝隙慢慢地渗进了核桃。核桃仁儿自离开了树枝以后,经过多日的晾晒,水分流失,干渴难耐。当水刚渗进来的时候,他还能记住外壳的警告。时间一长,经不住水的诱惑,就喝了一点。外壳马上批评核桃仁儿:"怎么这样没志气,这样做会毁了我们。"

核桃仁儿反唇相讥:"你这个大门干什么的,为什么不关紧?却让水渗进来。"

双方互相指责，各不相让。

最后，核桃仁儿实在禁不起诱惑，干脆痛痛快快地喝起水来。不一会儿，全身膨胀。

核桃壳开始还痛苦地勉强支撑着，紧紧地关着大门。

核桃仁儿却在里面不断地涨大。核桃壳最后顶不住了，只听"咔吧"一声，核桃壳崩裂成两半。

核桃仁儿失去保护，完全暴露出来。喜鹊很容易就吃到了核桃仁儿。

这时核桃仁儿还哭喊着和核桃壳争论谁对谁错呢。

骡子回答驴子和马的嘲笑

马和驴遇见了骡子。马对驴讥笑骡子：

"你瞧，这是个什么怪物！长那么一个傻大个儿。长相有点像你，可是又不像你有一对长长的耳朵，小巧玲珑的身躯。再说，也没有你那洪亮的歌喉啊。瞧，一副大长脸，却配着那么一对小耳……"话没说完，突然想到自己的耳朵也不大，连忙把话收住。

驴子听了很高兴，也对马嘲笑骡子：

"这家伙怎么长得这么丑。高矮倒有点像你，可是他哪里有你那么英俊健美，也没有你那感染人的笑声，更不要说你那迎风飘洒的鬃毛和长长的马尾……"说到这里，驴觉得有点拗口，因为自己的尾巴也不够雅观。

马、驴对骡子品头论足，兴致正高，骡子说话了：

"马先生、驴先生，你们为什么按照自己的标准评判别人？难道地球上只能有马和驴，就不能兼有你们两个优点的骡子存在吗？"

公鸡照镜子

鸡窝口立了一面镜子。早晨公鸡要出门,迎面就看见。心里想:"哪来的家伙,怎么堵在门口,不让出门?"

他试着向前逼进一步,那家伙也对着他向前一步。他怒目圆睁,爪子挠着地,"咯咯"地发出威胁,摆出决一死战的架势。对方毫不示弱,做出了同样的反应。

公鸡一夜没有进食,饥肠辘辘,全身乏力,怕不是人家的对手,不敢贸然进攻,双方只好在那里僵持着。

过了很长时间,门口的家伙丝毫没有离开的意思。公鸡饿得实在支持不住了,决心要杀出一条血路,冲出去。宁可受点皮肉之苦,也不能坐以待毙。

他气势汹汹地发出最后通牒。镜子里的影子亦步亦趋。公鸡看到对方是不会退缩了,于是就舍命猛扑上去。"噼啪"一声,镜子倒了,敌人没了。

敢于挑战困难,困难就成了幻影。

燕子和麻雀

燕子和麻雀辩论谁更优越。

燕子说:"人们常用'身轻如燕'来形容人的矫健敏捷。我日飞千里,夏到北方避暑,冬到南方避寒。开阔了眼界,饱览各地景色名胜,秀丽山川尽收眼底。而你呢,跳跃丛林之间,藏身屋檐之下,不敢远离家门一步。生活范围不出数里,鼠目寸光,从来不知道外面还有大千世界。何其可怜!"

麻雀说:"你可曾听到过一则谚语'麻雀虽小,五脏俱全'?这就是说我短小精干,可以和任何庞然大物比美。我烈日炎炎不怕热,冰冻十尺不怕寒,锻炼了强健的体魄,铸就了坚强的意志。不像有的人,冬畏寒,夏怕热,居无定所,南北来回飞,疲于奔命。途中经常遭暗算,死于非命。"

燕子、麻雀争得不可开交。找来猴子来评理。

猴子说:"我建议:燕子在北方过冬,到南方消夏;麻雀从南到北飞个来回。你们就知道谁更优越了。"

狐假虎威以后

狐狸在前,老虎在后,在树林里走一趟,吓跑了其他动物。老虎不知道这是动物们害怕他,还以为是狐狸的威风呢。于是老虎对狐狸百依百顺。

别的狐狸一看连老虎都对这只狐狸毕恭毕敬,他们对他更是奉若神明,于是共同推举这只狐狸做了首领。

狐狸也真的对老虎发号施令起来。要老虎天天出去打猎,猎物都要贡献给他。狐狸饱餐之后,剩余的分给部下。在分发食物的时候,狐狸从来不提老虎的事,所有的食物好像都是他拼着性命弄来的,即使一头体重千斤的大野牛也不例外。众狐狸更是感恩不尽,顶礼膜拜,山呼万岁。

几年之后,老虎年老多病,无法捕猎。这只狐狸再也没有东西可以分给子民。众狐狸在下面开始嘀嘀咕咕,不满现状。

狐狸发现自己的威望正在急剧下降。于是立即召集了全体狐狸大会。当场宣布老虎有十大罪状。其中一条是,老虎生性懒惰,坐吃等穿,身躯庞大,食量惊人,是他吃光了食物，造成了目前的困难。

　　老虎要求申辩，结果被众狐狸的声讨声所淹没。狐假虎威的狐狸轻松地度过了一次信任危机。

戴上眼罩的驴子

驴子被牵到磨坊里,主人把绳套、笼头给他戴上,还让他拉一盘死沉死沉的磨,驴子打心眼里不高兴。

不管主人怎样吆喝,他就是不走。心里想:我才不干这种蠢事呢!累得要死要活,在这间小屋里,来回打转转。

主人恼火了,就用鞭子抽他。无奈,驴子勉强蹭了几步,马上又停了下来,还哇啦哇啦大叫,表示强烈不满。

有人建议主人把驴子的眼睛罩起来。主人于是就拿一个眼罩遮上了驴子的眼睛。

驴子看不到磨,看不见他眼前的盘陀路,马上心平气和了。主人一吆喝,立刻乖乖地拉着磨转起圈来,耳边还传来了呜呜呜磨面的声音。好,还有音乐为我前进的步伐伴奏呢!于是他精神抖擞地、愉快地努力向前!向前!

驴子拉的还是那盘死沉死沉的磨,还是走的那条盘陀路,可是再也不需要主人吆喝。

黄鼠狼吃鸡的哲学

黄鼠狼夜里闯进鸡舍，叼走了一只鸡。让巡逻的狗看见了，狗责问黄鼠狼为什么要偷鸡吃。

黄鼠狼一副悲天悯人的样子说："狗先生，难道您就没有看见鸡舍那么小，鸡却那么多，他们挤得都喘不过气来了，实在可怜。我不忍心让他们这样生活下去，决心让他们减少点密度，大家都有一个宽松的更好的生活空间。"

狗觉得有一定道理，就没再追究。

黄鼠狼不停地从鸡舍里叼鸡，鸡减少了很多。黄鼠狼的杀戮仍未停止。

有一天，狗又来责问黄鼠狼："现在鸡舍里已经很宽松了，你为什么还来叼鸡？"

黄鼠狼语带讥讽地说："狗先生，亏您还每天在这里转来转去，就没有发现鸡舍里的公鸡争风吃醋，整天打得头破血流吗？我现在的任务就是把一些公鸡转移到外面来，免得他们互相残杀，给他们创造一个和平的生活环境。"

狗确实看到过公鸡之间的争斗，因此他为黄鼠狼及时采取了措施，自己却无动于衷而惭愧。

公鸡让黄鼠狼叼完了，黄鼠狼接着往外叼母鸡。狗又严厉斥责了黄鼠狼。

黄鼠狼却依然振振有词："狗先生，大家都说您的嗅觉特别灵敏，我看未必。您整天跟鸡群在一起，就没嗅到鸡舍里散发出来的臭味吗？卫生条件太差了。我敢说，自从他们入住以来，就没彻底打扫过，这样下去会得传染病的。狗先生，你的责任是保护他们，如果他们得了传染病死了，这就是你的失职！现在我把他们转移走，清空鸡舍，以便彻底打扫，是为了他们的健康。你应当感谢我替您做了本应该您做的事，怎么还有脸指责我？"

狗面红耳赤地低下了头。

每次黄鼠狼总能论证出吃鸡的合理性，直到把鸡舍吃空。

老鼠内讧

一座大宅院里老鼠成灾。老猫没日没夜地追杀,也无济于事。

一天,老猫又抓住了一只老鼠,老鼠再三求饶。老猫说:"饶你可以,但是必须答应我一件事情。"

老鼠说:"只要放我一条性命,让我干什么都行。"

猫对着老鼠的耳朵嘀咕了一阵子,就放走了老鼠。

不久,老鼠王国里就秘密流传着一种说法:王国洞穴狭小,鼠民密度太大,鼠王准备有计划地处决一部分鼠民,改变一下目前的生存环境。有的说,先杀老而无用的;有的说,先杀少而不能自立的;有的说,先杀壮而能生育的。

一石激起千层浪,闹得老鼠王国人人自危。

为了减少老鼠密度,争取自己能够活下来,鼠民们开始偷偷杀死邻居的孩子和老人。结果冤冤相报,整个老鼠王国展开了一场无休止的仇杀。

老猫不费吹灰之力,老鼠数量大减。

看不见自己尾巴的兔子

小白兔的尾巴很短，自己看不到。但他却看到他的同伴都长着一条短短的尾巴。他觉得很丑，就讥笑他们："好好的屁股上长个肉瘤，真是丑死了。还大摇大摆地在大庭广众中走来走去！"

一席话引来了一阵哄堂大笑："我们屁股上不雅观，难道你屁股上是光的？"

小白兔回头看看，怎么也看不到自己后面有什么东西。他不放心，又走到河边，对着河水照一照：雪白的绒毛、红眼睛、长耳朵、均匀的三瓣小嘴，多漂亮啊！哪里有什么尾巴？自己就是与众不同。为什么硬要说我和他们一样呢？哦，明白了，他们嫉妒我。

从此，小白兔认为自己是世界上最美丽的兔子，更加神气了。对他这种盲目的傲慢，别的兔子经常讽刺挖苦。他却一概认为这是丑陋者对美丽者的忌恨。

他始终不知道自己也有尾巴，跟别的兔子没什么两样。

动物统一着装

森林之王老虎认为自己的行头最美,于是颁布了一条法令,森林所有的动物自即日起,一律按照老虎衣帽的花纹图案设计服装,违者严惩。

命令一出,所有动物无不欢呼雀跃。能为自己增加一张"虎皮"保护,何乐而不为。没几天工夫,整个森林,小到鼹鼠,大到野牛,全部老虎装束。

老虎外出打猎。过去,一出门,漫山遍野都是猎物。今天,一出门,到处都是大小"老虎",在他面前大摇大摆,毫无恐惧之色。个个虎纹斑斑,晃来晃去,搞得他头晕目眩。不敢随便扑杀,担心伤害同类。

但是饥肠辘辘,难于忍耐,不得已而下手。结果判断错误,伤及亲朋子女,几乎引发一场老虎内部的血腥内战。

老虎眼看虎威大减,权威受到极大挑战,山林无法控制,天下就要大乱,立刻宣布废除颁布的法令,各自恢复原来穿戴。

动物们尝到了着虎装的甜头,政令无人理睬,依然我行我素。老虎对猎物真假难辨,终日忍饥挨饿。

老鼠买鼠药

老鼠恨死了猫，黄豆恨死了老鼠。他们都到处寻找杀死仇人的毒药。

一天，黄豆们发现了一处卖老鼠药的，马上就排队购买。一只老鼠路过这里，听见黄豆们热烈地议论着："香味这么浓，那家伙一定爱吃。自己吃了没害，敌人吃了要命，这药真不错。价钱又便宜，多买点。"

老鼠一听心想：还有这么好的药？自己吃了没害，敌人吃了要命。心中乐开了花。既然是专门杀死敌人的药，那肯定是杀死猫的药了。这下可好了，老猫，你就等死吧！

老鼠买了不少，带着大包小包回到了家。

孩子们被香味钩起了馋虫，个个要吃。老鼠记住了"自己吃了没害"这句话，就拿出几包分给孩子，孩子们狼吞虎咽。自己也尝了一点，确实香甜可口。

这时候一只猫出现在洞口。老鼠想起"敌人吃了要命"这句话，于是急忙把几包药扔了出去。猫闻了闻，觉得味道不对，将药扔在一旁。继续等待时机。

不一会儿，小老鼠却支撑不住了，个个口吐白沫翻白眼，蹬腿就死。老鼠自己也心如刀绞，疼痛难忍。死前，他始终不明白：这药为什么杀不死敌人，反而害了自己？

老鼠不明白他和黄豆各有各的敌人。

消失的森林野兽

一片原始森林里有成千上万的野兽。森林周围住着一些人家。为了保护野生动物，大家约定谁也不准狩猎。

第二天，一个人偷偷打死了一只老虎。

第三天，一个人偷偷打死了一只豹子。

第四天，一个人偷偷打死了一只狮子。

第五天……

每户人家只偷偷狩猎了一次。

过了很长时间，人们突然发现森林里没有野兽了。

人人感到奇怪：我只打死过一只动物，怎么森林里就没有野兽了呢？

大家聚集一起讨论野生动物消失的原因，谁都严格保守着偷猎的秘密。所以始终没有解开森林动物突然消失之谜。

大象和青蛙

青蛙在草原上遇见了大象。青蛙说:"大象先生,你看咱们两个怎么这样相像。都有肥胖健硕的身体,粗大有力的四肢,声音都是那样洪亮。不过,我比你身体更轻盈,不但能爬能走,还能跳跃。"

大象不屑一顾地说:"可笑,你怎么能跟我比!我在草原上来去自由,谁敢惹我。狼豺虎豹,都要退避三舍。"

这时候,他们走到一片沼泽地。青蛙说:"天挺热的,下去凉快凉快吧!"

大象确实感到很热,同意青蛙的意见,一起走进沼泽。大象沉重的身体立刻陷了下去,他拼命挣扎,越挣扎陷得越深。青蛙却在大象身边跳来跳去,怡然自得。还问大象感觉如何。

泥浆已经淹没了大象的全身,只留一只鼻子朝天,维持着呼吸,哪里还能跟青蛙理论。好在泥沼不算太深,大象最后总算挣扎着爬了出来,捡了一条命。从此,再也不敢小瞧青蛙。

事情就是这样,尺有所短,寸有所长。

狼扮牧羊犬

狼要吃羊，一群牧羊犬时时巡逻，狼无机可乘。

它心生一计，混进牧羊犬中，扮作羊卫士。夜里一有机会，就进入羊群，大快朵颐。

牧羊人很纳闷。于是加强了一些安全措施，但还是有羊时不时地被杀死。

牧羊人为惩罚牧羊犬未能恪尽职守，宣布三天不供应食物。结果连续三个夜晚，又有三只羊被杀害。

第四天清晨，牧羊人就给牧羊犬送来了食物。饿了三天的牧羊犬个个狼吞虎咽，大嚼起来。只有那只夜里刚刚饱餐过的狼，看都不看，只是呼呼大睡。

主人一切都明白了，拿起猎枪对准了冒充牧羊犬的狼。

谁是老虎的朋友

老虎威镇山林,动物个个慑服。

狐狸采访老虎,问他有没有朋友,有多少朋友。

老虎说:"山林里所有动物都是我的朋友。他们见了我点头哈腰,嘘寒问暖,送吃送喝。"

狐狸说:"谁是你真正的朋友,你有没有朋友,现在不要忙着下结论。只有到你年老体衰走不动的时候才能知道。"老虎不以为然。

后来老虎真的老了,腿脚不灵便了,咆哮没有了声。威风消失,谁也不再理睬他。

这时候,他才理解了狐狸的话。

老鼠告状

老鼠到老虎法官那里告状,告猫杀害了他的全家,连未成年的孩子无一幸免。

老虎让狐狸传猫到庭。猫大模大样上了法庭。

老虎问猫是否杀害过老鼠一家。猫供认不讳,而且振振有词地说:"老鼠白天藏在洞里,一到夜里大肆活动,破坏东西,闹得大家不得安宁。我这是为民除害。"

老鼠申辩说:"白天我们哪里敢出来?人们常说:老鼠过街,人人喊打。所以我们只好深更半夜,等人们休息了,才偷偷地冒着生命危险,出来给孩子找点人们吃剩的饭菜。结果又说我们扰民。就是这样,猫啊,猫头鹰啊,还不放过我们。只要让他们撞上,我们就别想活命。有时候猫就埋伏在我们家门口,我们的眼神不如他,我们还没发现他呢,他就把我们给捉住了,我们整天生活在恐惧中,不得安宁。法官大人,你要给我们做主啊……"

猫接着发言:"我要反告老鼠忘恩负义。如果我们全都不捕老鼠,老鼠就懒得去积极生儿养女。我们捕杀老鼠,就刺激了他们的生育能力。是我们帮助了他们的繁衍。今天反而恩将仇报把我告上法庭，良心何在？"

老鼠还要申辩下去。老虎不耐烦再听："够了，够了。事实已经清楚。现在听我宣判：老鼠告猫杀死老鼠一事，证据不足，予以驳回，不予支持。老鼠夜间猖狂活动打扰猫的睡眠；再者，老鼠恩将仇报，给猫造成精神上极大伤害，老鼠需付给猫精神赔偿费十万元。依法判老鼠破坏公共秩序罪有期徒刑三年，立即执行。"

老鼠忘了猫虎同科，是近亲。

瘸腿猴子的"绝技"

花果山附近有一只瘸了左腿的猴子。他翻跟头的时候,右腿力量大,落地总是偏向左边。跟头连着翻下去,在地上就形成螺旋形运动。这是他的一绝,因而扬扬得意,谁也不放在眼里。

但他终究身有残疾,别的猴子看了难免不服气,就问他:"你跟花果山的齐天大圣相比,怎么样?"

"各有各的特点,我这是一独门绝技。不要看他是什么齐天大圣,一个跟头十万八千里,翻我这种螺旋跟头还不见得能行。"

瘸猴子正在夸口,孙猴子正好来了。其他的猴子就怂恿瘸猴子拿出绝活让齐天大圣开开眼。瘸猴子意气扬扬,毫不客气地一连翻了十几个跟头,累得气喘吁吁。

齐天大圣没有说话,好像仍有期待。瘸猴子两手打恭,志满意得。齐天大圣才知道绝活已经表演完毕,不禁哑然失笑。

他放下金箍棒,蜷起左腿,只用右腿,像飞速转动的陀螺一样，翻起了跟头。跟头又高又飘，落地无声，平地刮起一阵旋风。接着又换了左腿，翻了无数跟头。只听得一声"老孙去也！"一个筋斗云，不见了踪影。

众猴子目瞪口呆。瘸猴子羞愧地低下了脑袋。

蝈蝈和螳螂

螳螂挥舞着大刀在草丛里耍着威风。蝈蝈肚子肥美柔嫩,容易划破,一刀下去,就是一顿丰盛的美餐。

开始蝈蝈见到螳螂总是"吱吱吱"大叫一阵,警告对方不要靠近。谁知螳螂根本不加理睬,步步进逼。最后蝈蝈不是落荒而逃,就是成了螳螂刀下之鬼。

蝈蝈们召开了一次紧急会议,挂起敌人螳螂的画像,研究对策。他们详细讨论了螳螂的习性、身体构造。发现螳螂的脖子和腰部特别纤细,易于折断。而蝈蝈恰好有一对钳子样的牙齿,如果咬住螳螂的颈和腰,一下就能置对方于死地。蝈蝈弹跳力强,从螳螂身后一跃而上,跳到对方身上,咬住要害,就能克敌制胜。

后来螳螂果真吃了苦头,从此双方相安无事。

蝈蝈终于懂了:牙齿比声音更有威力。

善鸣的母鸡和默默的母鸭

一只不爱下蛋的母鸡,下的蛋又少又小。但她却知道如何炒作自己。下一个蛋,总忘不了"咯哒、咯哒"地叫上一阵子,向主人炫耀自己又做出了贡献。而且蛋总下在一个固定的草窝里,给主人留下一个经常下蛋的深刻印象,赢得了主人的欢心。鸡笼修得越来越好,伙食也大有改善。

母鸭天天下蛋,而且个头比鸡蛋大得多。但她从来不会在下蛋以后大喊大叫宣扬自己。而且这里下一个,那里下一个,没有固定的地方,没有给主人留下深刻印象。

遇到雨天,母鸭特别兴奋,也"呱呱呱"地抒发一下感情。主人错以为她也跟母鸡一样下蛋了,结果什么也没找到。招来主人一顿臭骂:"没下蛋,呱呱什么!"于是鸭舍的条件越来越差,洗澡设备也被取消。母鸭过着饥寒交迫的生活。

最后母鸭生了重病,临死的时候,对主人说:"我现在才明白:在你这里,埋头苦干不如善于表现。"

后来,主人偶然在一个草窝里发现了一只长满嫩黄绒毛的小鸭子。他很吃惊。一搜寻又发现了一些破壳待出的小鸭子和很多鸭蛋。这时他才恍然大悟，对虐待母鸭后悔莫及。

默默下蛋的鸭子和善于表现的母鸡命运竟是如此不同。

老虎和鼹鼠

老虎威震山林，称王称霸，大小动物都是他的美味大餐，连鼹鼠也不放过。幸亏鼹鼠善于生育，才避免了灭种之灾。

鼹鼠对老虎恨之入骨，但又无可奈何。他们想来想去，自己只会打洞，于是就决定利用这点特长，和老虎周旋。他们每天集合在一起，在老虎经常走的路下面打洞。最后，这段路下面整个被挖空了。

有一天老虎又从这里经过，路面一下子塌陷下去。埋葬了老虎。

善用特长，弱者胜强。

跳蚤戏武士

一位武士武艺高强,打遍天下无敌手。到处欺侮弱小。

一只跳蚤愤愤不平,决心教训一下这位不可一世的家伙。他跳到武士身上,这里叮一口,那里咬一下。搞得武士坐卧不宁,抓耳挠腮,全身都挠烂了。为了打跳蚤,脸上一巴掌,腿上一巴掌,噼里啪啦,整天打自己。搞的武士在众人面前丢尽脸面。但始终没能杀死善于跳跃、身体轻捷的跳蚤。

饿死的狐狸

狐狸爱吃鸡和鸭子。每次狩猎都是满载而归。

有一次他在湖边看到一群鸭子,马上扑了上去,结果鸭子呼啦啦全飞走了。他非常惊讶:怎么鸭子也会飞了?原来这是一群野鸭。

狐狸心情沮丧地到树林去打猎,看见几只彩色斑斓的鸡,又猛扑上去。结果这几只鸡也飞走了。原来他遇上的是几只野鸡。

狐狸得出结论:鸡和鸭子都学会高飞了,要想捕杀他们是白费力气。狐狸再也不去追杀鸡和鸭,最后再也没有吃上鸡和鸭。

青蛙的才艺

青蛙能在水中游,能在陆上爬行跳跃。自认为是水、陆、空运动的全才。整天呱呱大叫,不可一世。麻雀就问他:"难道你会飞吗?"青蛙回答:"我在空中跳跃的一刹那,难道不是飞吗?"麻雀觉得青蛙的回答有点勉强,但也不好反驳。

壁虎有点愤愤不平,对青蛙说:"我承认你会在地上爬行,但那是什么爬行啊,蹑手蹑脚,活像一个夜间行窃的小偷。你看看我是怎么爬行的,不但能在地上蜿蜒曲折地飞速前进,而且在陡壁悬崖上同样运动自如。"

青蛙不相信世界上有能在悬崖陡壁上行走如飞的东西。

于是壁虎当场做了精彩表演,让青蛙大失所望。但是青蛙仍不服气,就以肥胖笨拙的身体向一堵墙上爬去。勉强爬上去了两三步,又一个跟斗倒栽下来。反复了几次,摔得鼻青脸肿。

从此以后,青蛙才知道山外有山,天外有天,于是就很少在白天鼓噪了,只有在夜深人静的时候偷偷地自我欣赏几声。

青蛙、乌鸦、驴子和百灵鸟

青蛙在池塘里游泳，乌鸦在岸边的树上休息，驴子在岸边吃草。他们相聚在一起讨论起发声来。最后满意地得出结论：他们的声音分别是水里、空中、地上最洪亮的。

得意忘形之下，三位不禁放声大叫起来。结果遭到在树荫下休息的人们的大声呵斥。青蛙、乌鸦险些被石子击中，驴子也挨了鞭子。

不一会儿，飞来了一只百灵鸟，在树上婉转动听地歌唱起来。树下休息的人们个个露出了灿烂的笑容，屏气凝神地欣赏着百灵鸟的歌唱。

青蛙、乌鸦、驴子又聚在了一起，议论了半天始终闹不明白：人们为什么不喜欢他们淳朴洪亮的声音，而喜爱百灵鸟变调花腔并不洪亮的歌喉？

丑陋的蝴蝶

一只美丽的蝴蝶飞进了一座蝴蝶博物馆。她看到自己的家族成员一个比一个鲜艳漂亮,可是都被钉死在玻璃匣子里,供人观赏。人们品头论足,赞美着每只蝴蝶。

她怀着极其悲痛、恐惧的心情匆匆飞出博物馆。看看自己色彩斑斓的衣裙,惊出一身冷汗。汲取同伴血的教训,她决心把自己变成一只最丑陋的蝴蝶。

经过一番脱胎换骨的改造,原来非常对称的四只翅膀,现在变得参差不齐;原来五彩缤纷的装束,现在成了一身黑灰的褴褛。

一只丑陋不堪的蝴蝶,谁会喜欢?她觉得安全有了保障,于是就在花丛中翩翩起舞。

万万没有想到,她的奇形怪状,却招来了人们更大的好奇。蝴蝶采集者惊呼:"啊,一只变异的蝴蝶,太难得了!"

一时间,人们到处围捕她。终于被蝶网套住,钉死在玻璃框里,最后也没能逃脱供人观赏的命运;而且成了博物馆里唯一的"变异"珍品,身价百倍。

一只腿的公鸡

养鸡场里有一只独脚公鸡。他不能正常行走,只能一跳一跳地前行。他受尽了同伴们的欺凌和讥笑。每天只能饥一顿饱一顿地吃一些别人的残渣剩饭,晚上不能跟大伙在一起睡觉,只能躲在又黑又冷的角落里,孤独地、心惊胆战地度过漫漫长夜。

一天,屠宰场里来了一辆汽车,大家知道自己的时限已到,个个哭天喊地。一只腿的公鸡却处之泰然,因为对他来说,生不如死。死倒是一种解脱。

同伴一个个被装进鸡笼。他也被人抓在手里,在要放进铁笼的一刹那,人们却惊奇地发现这是只独脚公鸡。于是他被单独放在一只笼子里,送进了动物研究所。

从此境遇大变。每天定时用餐,科学配方,营养俱全。豪华鸡舍,清洁卫生。吃药打针,定期体检,呵护有加。

而他的身体健康、双腿健全的伙伴们却早已成了人们盘子里的美味佳肴。

狐狸和熊比力气

狐狸以他的聪明才智当选为森林动物界的领袖。熊心里一直不服气,有一天在河边遇到狐狸跟几个扈从在散步。熊走上前去冷嘲热讽地说:"嘿,好神气!就你这瘦骨嶙峋、尖嘴猴腮的样儿,也配做森林大王。"狐狸笑笑说:"我也不想做什么森林大王,老虎说他年老了,想让我替他一下。再说这也是大家选的嘛……"

熊不等狐狸说完,就插嘴说:"人家老虎威风八面,一声吼叫,威震山林。你以为会耍点儿小聪明就能做山林大王?那是要靠力量的。这一点我就比你强很多,本来山林之王应该是我。"

狐狸冷笑一声回答:"要论力气,你也不见得比我大。"

"什么?你比我力气大?我看你是当了几天大王烧昏头了吧!怎么净说胡话?"熊很不屑地讽刺。

"你不服是不是?那么现在就可以比试比试。"

"跟我比试?你信不信?我拎起你的腿,能把你扔到河里去。你呢,连推都推不动我。"

狐狸狡猾地一笑:"你扔我,我推你,不太友好,也太没礼貌了。我看这样吧,咱们比赛扔东西,看谁扔得远。"

说着就在河边捡起一块鸡蛋大的石头和一根野鸭的羽毛,然后对熊说:"你说石头和羽毛,哪个轻哪个重?"

熊有点恼火,很不耐烦地说:"别以为只有自己聪明,把别人都当傻瓜。这样的问题也好意思问我?这是对我的侮辱。当然是石头重羽毛轻了。"

"熊先生,我知道以你的智慧,这不算个问题。我不过是让你确认一下。因为我是山林之王,应该带头干最困难的事,所以我来扔石头,你来扔羽毛,都向河里扔,看谁扔得远。"

熊心里暗暗高兴,都说狐狸聪明狡猾,现在看来是个头号笨蛋。于是立刻答应了狐狸的安排。

狐狸站在河岸上,拿起石子,用力一掷,石子在河心里落下,激起一片浪花。

轮到熊了。他也站在河岸上,用力把羽毛扔出去,羽毛不但没向前飞,反而被一股微风吹到了脸上。熊连试了几次,都是如此。

熊又羞又恼,无可奈何地对狐狸说:"我心服口服,你不但有智慧,而且有力量,我同意你做山林之王。"

蚂蚁和乌龟

一只蚂蚁带领几个小兄弟出外打猎。刚一出洞就遇上一只乌龟。蚂蚁闻到了腥味,立刻带着兄弟们扑了上去。可是乌龟有坚硬外壳和粗糙的皮肤,让他们无从下手。

乌龟说:"像你们这样的,我见的多了。不要白费力气了。"

蚂蚁以前听到的都是求饶的哀鸣,谁敢这样说话!

"告诉你!这一带是我们的天下。谁也别想逃脱!"蚂蚁大声警告。

乌龟说:"小小年纪不要太狂。"

"我年纪小?我在这个世界上已经生活了整整二十天了!听清楚了,是日落日出的二十天哪!我亲手处死过多少爬虫,肢解过多少蜻蜓、螳螂,名震蚂蚁王国。我想领教一下,你有什么丰功伟绩?"

乌龟哈哈一笑:"我也记不清活了多少年了。只记得在我一百多岁的童年时代,我爸爸一千零三十岁的时候,英年早逝。他的外壳上让人刻了一些字。据说如今放在博物馆里,还没研究透呢。我冬天一觉睡了三个月,刚刚醒来就遇到了你们。"

"张口就是岁啊、年啊、月啊,哪来那么多没用的口头语。不用废话了,今天还就要跟你较量较量。"

一声吆喝,蚂蚁一拥而上。乌龟不慌不忙慢慢爬进池塘,一个猛子扎下去,蚂蚁纷纷落水而死。

蚊子和石人

居住在古代帝王陵寝附近的蚊子对那里的石人很感兴趣。因为他们日夜站在那里,一动不动。无论怎么在他们脸上、手上叮来叮去,都没有任何危险。唯一让蚊子们恼火的是,一滴血也吸不出来。

蚊子一代又一代地攻关,召开了无数次讨论会,始终未能揭开这个谜团。

于是由西安武则天陵前石人附近的蚊子发起,邀请北京十三陵、南京明孝陵等全国知名蚊子学者,并包括国外学者古希腊、古罗马遗迹和近代纽约自由女神附近的蚊子代表,召开了一次国际学术会议。就为什么在这些石人身上吸不出血来,石人资源如何开发等问题,展开了热烈讨论。外国蚊子在会上也提到他们那里大量的铁人也有同样的现象,就连皮肤光滑的自由女神、白皙如玉的维纳斯、皮肤娇嫩的儿童安琪儿也吸不血来。

蚊子学家反复论证,终于找到了问题的答案:这些名人、美女、文臣武将多暴露于外,日晒雨淋,皮肤增厚。我们的喙刺太短，无法穿透。如果我们的喙刺很长，那么，石人铁人的血液资源就可以得到充分的开发和利用。所以今后科学攻关的主要方向就是如何增长我们的喙刺。后来有的蚊子经过残酷的磨炼，喙刺确实长了不少，但是从石人铁人身上仍旧吸不出血来。

　　蚊子学者恰恰忽略了最重要的一点：石人、铜人、铁人和人是有质的区别的。

老虎"纳谏"

老虎是兽中之王。他除了对那些名门望族的庞然大物像大象、犀牛、河马、长颈鹿等不敢太岁头上动土外,对其他动物作威作福,任意杀戮;而且任人唯亲,让人人恨的狐狸做了首相。动物王国怨声载道。老鼠暗地里喊喊喳喳,散布着小道消息;猫喵呜喵呜,可怜无助,到处诉苦;狼深更半夜嗷嗷嗷地发泄心中不满。狐狸都向老虎一一做了汇报。

老虎和狐狸经过一番密谋之后。老虎就下了一道"罪己诏",虚心接受批评,宣布从此要任人唯贤,立即重新组阁。于是任命老鼠为王国粮食仓储总监,负责粮食的征收保管;猫为渔管大臣,负责渔业生产及加工;狼为警察总监,负责小动物们的生命安全。

老鼠、猫、狼上任不久,都犯了错误,定了罪。老鼠是监守自盗,仓库粮食大量流失,犯盗窃国库罪。猫是滥用职权,多吃多占罪,且数量巨大,尤其是上等鲜鱼损失惨重。狼是知法犯法,滥杀无辜罪,山羊、野鹿、兔子数量大减。他们被一一投入监狱。动物界的一场政治风波就此结束。

狼吃斋

狼最近身体多病，行动迟缓，连追赶兔子都气喘吁吁，很难抓住猎物；而兔子们却因整天东奔西跑，练得身强力壮，行动敏捷矫健。

狼抓不住猎物，整天饥肠辘辘。他突然心生一计，宣布从今以后吃斋念佛，戒荤食素。

狼的决定引起极大震动。兔子听说狼改恶从善了，大家奔走相告，传播着这一喜讯。谁也不再狂奔逃命了，个个养得白白胖胖。腿上少了肌肉，多了脂肪，行动缓慢。生活安定，纷纷生儿育女，兔子数量大增。

狼却每天跑步健身，说是为了延年益寿。不久，病体康愈，筋骨强健，反应敏捷，四肢有力，奔跑如飞。

狼的身体练好了，肥美的兔子养好了。狼大开杀戒，狩猎开始。兔子行动迟缓，跑不动，跳不起，个个肥美，一时间都成了狼嘴里的美味佳肴。

老虎减肥

老虎生活好,身体臃肿行动难,捕杀猎物不方便,影响了自己的生存。他决定减肥,声称:为了保持健美体形,决心节食减肥。

老虎减肥的事,一时间传遍山林。

斑马遇见了野牛、野驴。斑马说:"你看,人家老虎那么健美,还减肥呢,我看我们也该减肥。"

野牛却不以为然:"人家吃肉,我们吃草。人家热量高,我们营养少。我们怎么减肥?"野驴点头同意。

斑马反驳说:"错了,萝卜白菜各有所爱,习性不同而已。但爱美之心人皆有之。"

野牛、野驴说:"我看我们这个形象也不错啊。"

"哎呀呀,你们回去照照镜子。耷拉个脑袋,垂着个布袋肚子,还有点样吗?人们赞美谁长得有精神,就说'生龙活虎';形容谁生得丑陋,就说'牛头马面',一张'驴脸'。咱们要有自知之明。老虎减肥开风气之先,我们也不能落后于时尚。"

最后野牛、野驴同意了斑马的建议。从即日起开始减肥。

老虎经过减肥之后,血压下降,血脂正常,心率平稳,身轻体健,爪似铁钩,牙如刀。

斑马、野牛、野驴本来就瘦弱,减肥之后,骨瘦如柴,迈不动步子抬不起头,一阵风来乱摇晃。

精神抖擞的老虎来了,病恹恹的斑马、野牛、野驴,一个个只能引颈受戮。

猫吓死了小麋鹿

小麋鹿一生下来,就从父母那里接受了严格的敌情教育。他虽然没看见过老虎,可是这个凶神恶煞的形象早就印在了他的脑海里。搞得他整天心神不宁。夜里常常被噩梦惊醒。

一天,他独自到外面玩耍,突然发现草丛中有一对目光炯炯的眼睛。仔细一看,全身还布满了花纹,一条两头一样粗的长长尾巴,脑袋圆圆的,嘴上挓着几根胡须……啊!老虎!小麋鹿骨稣体软,浑身战栗,动不得脚,喊不出声。

这时候,那家伙"喵呜"叫了一声,原来是一只猫。小麋鹿却吓得昏死过去。

跟猫嬉戏的老鼠

一只小老鼠出洞去玩耍,遇到了一只猫。这只猫刚刚饱餐了一顿鲤鱼,肚子胀胀的,正在那里打盹晒太阳。小老鼠不认识猫,走过去跟他逗着玩。猫正好闲得无聊,就在地上把小老鼠翻过来拨过去逗弄。逗得小老鼠前仰后合。

鼠妈妈知道了这件事,惊出一身冷汗,批评小老鼠:"你怎么能跟他一起玩!他会杀死你的。他是刽子手。"

小老鼠不相信:"他和蔼可亲,我们在一起玩得可好了。怎么会杀死我呢?"

鼠妈妈说:"今天他吃饱了,所以对你不感兴趣。等他饿的时候,就要凶相毕露了。"

小老鼠把猫和刽子手怎么也联系不起来。

有一天,他又出洞找猫玩耍。猫正在洞口等着他呢。猫饥肠辘辘,饿得前胸贴着后背。小老鼠一见猫,就高兴地说:"你正在等我呢?"猫没有答话,上去就把小老鼠按在爪子底下。

小老鼠呻吟着:"我们不是朋友吗?你怎么能这样对待

我?"

　　猫瞪着凶恶贪婪的眼睛,恶狠狠地说:"肚子胀的时候,你是我的玩友;肚子饿的时候,你就是我的大餐。"

驴子的报酬

主人对拉磨的驴子说:"只要你努力磨面,剩下的麸皮都是你的。"

驴子听了很高兴。于是在磨坊里卖力地表现自己。为了得到全部的麸皮,他第二天就比第一天多拉了三十圈。可是得到的麸皮却比第一天少。

他以为主人对他的工作还不满意。第三天又比第二天多拉了三十圈。结果得到的麸皮更少。

就这样,每天多拉三十圈,到了第十天,几乎得不到什么麸皮了。

驴子问主人:"我这十天来,每天都比前一天多拉三十圈,可是你给我的麸皮为什么却越来越少?"

主人说:"每天磨完面后,我都是当场把麸皮一点不剩全给了你,这是你亲眼看见的,我完全兑现了承诺。"

主人的话没错,他无话可说。

驴子不明白:随着拉磨圈数的增多,连麸皮也被磨成了面粉,麸皮自然就越来越少了。

不动脑子去努力工作,回报不一定增加。

猴子求师

生活在热带雨林里的一只猴子画家,画了一些风景画。画中树木郁郁葱葱,到处繁花似锦,生机盎然。

为了提高画艺,他决心长途跋涉,到北方沙漠中向伟大的绘画大师骆驼求教。

骆驼看了几张画,就不耐烦地扔到了一边,皱着眉头说:"画画贵在写实,要师法自然,不能随心所欲。世界难道是绿色的吗?睁大眼睛仔细观察,世界的基本色调是什么颜色?黄色!再说,哪来的那么多树?哪里有比我还高大的树?"

猴子争辩说:"我住的地方就是这样,这些画都是写实的……"

骆驼心里很不高兴,打断猴子的话:"我走遍了几千里的大戈壁,在这里生活了几十年,什么没见过!从没看到过你画里的景象。年轻人不要文过饰非。"

骆驼对猴子画作的严厉批评,很快就传开了。从此,猴子的画再也无人欣赏,再也无人问津。

水盆里的月亮

猴子非常喜欢银白银白的月亮,圆圆的像面镜子。可是它高高地挂在天上,只能仰着脖子欣赏。

有一天,一只猴子在一面水盆里发现了一轮皎洁的月亮。他大声招来了同伴:"看哪,这里还有一个月亮!"

猴子们一下子围过来,围坐在水盆旁边,低下头来玩赏盆中的月亮。这盘月亮离得那样近,触手可及。他们再也不用仰着酸酸的脖子抬头望天了。

这时候有一只猴子要去捞月亮,手掌刚到水里,月亮马上成了碎片。他遭到猴子们的一顿责骂。可是不一会儿,水平静下来,破碎的月亮又聚合在一起,依然是一轮又亮又圆的月亮。

猴子们被这神奇的一幕惊呆了,高兴得手舞足蹈,大声欢呼。但同时也都在打着小算盘:怎么才能独享这轮明月。

发现水盆里月亮的猴子说话了:"现在大家也欣赏够了,我要拿回家去了。"

他的话引起一阵骚动。

捞过月亮的猴子首先反对:"是你先发现了它,但却不了解它的神奇和价值。是我开发了它,发现了它的奥秘,盆中月亮理应归我。"

第三只猴子反对说:"这轮月亮是在公共的地方出现的,因此,资源应当共享。"

他的话立刻得到了那些没理由把月亮据为己有的大多数猴子的赞成。

大家互不相让,就开始抢夺水盆。结果,水盆里的水一下子全洒在了地上。猴子们向盆子里一看,再也没有了月亮。

没有朋友的狐狸

狐狸办过一些得意的事。比如借老虎的威风抬高自己身价的"狐假虎威";赞美乌鸦歌唱得好,骗走了乌鸦嘴里的肉。这些在森林里都传开了。谁也不跟他打交道,眼下只有憨厚的野驴还跟他来往。

狐狸听说很远的地方有一个养鸡场。鸡可是狐狸享用的传统美味。他在这个深山老林里,很难品尝这道大餐。可是路太远,走去太累。突然心生一计,去找野驴。

他对野驴说:"我知道您一向老实,别的家伙老欺负您。我这个人心肠软,看您怪可怜的,现在就告诉您一个小秘密。有一片芳草青青、野花遍地没被发现的好地方。您去了,就是那里的主人。不愁吃喝,随意奔驰,那才是好日子呢!去不去?"

受气的野驴相信了他的花言巧语,答应跟他一块去。

他们结伴上路了。走不多远,狐狸就对野驴说:"咱们互相背着走怎么样?"野驴不懂什么是"背"。狐狸解释说:"我在您背上就是您背我,您在我背上就是我背您。"

厚道的野驴说："那就我先背您吧！"于是狐狸骑到了野驴背上。

走了一程，野驴说："您应该背我一会儿了吧！"

狐狸马上从驴背上跳下来，钻到野驴的肚子底下，说："我个子太矮，够不到您的背。这样吧，您把我绑在您的肚子底下，我不就背上您了吗？"野驴觉得这个办法不错，就照办了。结果还是野驴"背"着狐狸走，不过刚才是在上面，现在是在下面。

好不容易到了目的地，野驴并没发现什么青草。狐狸却是抓了两只肥嫩的鸡雏，饱餐了一顿。用同样的办法，野驴饿着肚子又把狐狸背了回来。从此野驴也跟他绝交了。

狐狸非常纳闷，为什么大家都不跟他做朋友。于是去请教德高望重的大象。大象说："因为你太聪明了，跟太聪明的人打交道是危险的。"

老鼠和啄木鸟

老鼠严重神经衰弱。听说啄木鸟的眼睛能透视,一看就知道树的病因。于是他就在晚上去找这位森林医生。

啄木鸟睡得正香,不耐烦地说:"白天干什么呢,为什么一定夜里来?"

"对不起,我有晚上工作的习惯。"

"公安局局长猫头鹰夜里看见你把仓库的粮食往你家倒腾,正要抓你呢。这也叫工作?"

"我是来找你看病的,不讨论这个问题。我真羡慕你,白天'嗒嗒嗒'地用嘴敲树,从来也不得脑震荡,睡觉还这么香。你看我,一天睡不了俩小时。稍微有一点响动,马上就醒。整天心惊肉跳,神经衰弱。"

"还是要问你,把仓库的粮食倒腾到你的地洞里,有没有这事?"老鼠点点头。

啄木鸟又问他偷吃主人家的饭菜、糕点,咬坏主人的书和家具的事有没有。老鼠红着脸又点了点头。

啄木鸟说:"有一首儿歌这样唱道:'小老鼠,上灯台，偷油吃，下不来。喵喵喵，猫来了。叽里咕噜滚下来。'偷油吃也是事实吧！"老鼠很不情愿地承认了。

"这些鼠窃狗偷的事，能不遭人恨吗？因此，人们下夹子，设陷阱，投毒饵。猫在洞口埋伏着，猫头鹰在空中监视着，时时要把你们捉拿归案。整天生活在天罗地网里，能不心惊胆战吗？能睡好觉吗？人们常说'胆小如鼠'，为什么你们的胆子那样小？不就是因为损人缺德的事做得太多，心里紧张。我为什么睡得好？白天做善事除害虫，晚上我还担心有人伤害我吗？怎么会失眠呢！"

经过充分讨论，老鼠们一致认为祖宗的生活方式不能改变。啄木鸟的"药方"不对症，不予采纳。老鼠依然保留着战战兢兢昼伏夜出的生活习惯。失去了一次改变命运的机会。

布谷鸟的叫声

春天来了。懒汉、商人、地主、官吏、农民都听到了布谷鸟的叫声。

懒汉说:"布谷鸟叫的是'何必忙碌,天上落谷'。"

商人说:"布谷鸟说的是'金钱无数,发财致富'。"

地主说:"你们都错了,布谷鸟的声音是'多占土地,粮食囤积'。"

官吏说:"你们说的都是废话!布谷鸟分明说的是'年年升官,越升越快'。"

农民说:"布谷鸟是给我们种庄稼报时令的鸟,春天到了,告诉我们:赶快扛锄,下地干活。"

布谷鸟的叫声从来没变过,每个人听来却大不相同。

秃尾巴的牛

一头牛在河边吃草,牛虻飞了过来,在他耳边嗡嗡叫:"牛先生,我真不明白,您为什么要留条尾巴呢?尾巴拖拖拉拉,摆来摆去,多难看啊!你看,人就不要这玩意儿,要是谁在屁股上系条草绳,大家一定会笑痛肚子。可见长尾巴是一种不光彩的事。"

"没有尾巴我怎么能赶走你们这帮吸血鬼呢!"牛没好气地回答。

牛虻赶紧装出一副委屈的样子:"牛先生,这您可就错了,难道您就忘了您蹭痒时那种舒服的享受了吗?"

"这个我当然有体会,可这跟你有什么关系呢?"牛觉得奇怪了。

牛虻甜言蜜语地说:"我是最爱为别人的幸福效劳的。就说您吧,尽管您的皮充满了汗臭,硬得像枯树皮;可我为了给您搔痒,把嘴都磨破了,也从未有过怨言。您想想,我图的是什么?还不是为了使您舒服点!"

说到这里,牛虻气呼呼地抱怨起来:"没想到,我辛辛苦苦倒落了个吸血鬼的罪名,您完全不理解我,还经常用尾巴来抽打我,我这是何苦呢!既然这样,咱们从今以后再不来往好了。我走了,您别再希望旁人来给您搔痒了!"

牛虻见牛低头不作声了,又假惺惺地来了几句"临别赠言":"作为朋友,在分手时,我还想提醒您一句,上次当老虎追赶您的时候,是您身上的什么东西缠住了荆棘,险些使您丢了性命?我看,您还是要为自己的安全多操操心哪!"

提起这件事,牛至今还心有余悸,当时真恨爹妈多生了自己这条可憎的尾巴。

牛虻见目的快要达到,就躲在一旁观察着牛的举动。

牛暗自琢磨:牛虻说的话也许有点道理。搔痒确实是一种享受,虽说牛虻搔得疼了点,但他可能的确是出于好心。再说,人没有尾巴就有尊严,就能驱使长了尾巴的马表哥、驴表弟、猫、狗和自己为他们拉车推碾,看门守院。这样看来,有尾巴确实是不光彩的;去掉它,说不定自己也会受到伙伴们的尊敬。

于是,他下了决心,立刻找来老狼帮忙咬掉他的尾巴。

老狼当然求之不得,他早就垂涎鲜美的牛肉,只因牛体大角猛,才始终没敢下手。如今牛自动上门求助,老狼自然是喜出望外。即使只有一条尾巴,那也是牛肉啊!老狼张开血盆大口,几下子就把牛尾巴咬下来了。

牛疼得直叫唤,眼里滚着泪花。牛虻见此情景,忙飞出来在一旁哼哼:"坚持,一时痛苦,一生幸福。好样的!坚持,坚持啊!"

这样,牛就成了秃尾巴牛。牛虻可乐坏了,因为今后再也没有被袭击的危险了。他迫不及待地立刻趴到牛身上用力叮,尽情地痛饮牛血。

牛本能地想甩尾巴,可他的屁股上只剩下一截三寸长的肉疙瘩,他再也没有驱赶牛虻的能力了。

牛虻自己吸血还不算,他又招来了很多兄弟,举行了一次盛大的牛血宴。他们成群结队,嗡嗡嗡,嗡嗡嗡地叫着笑着,一窝蜂地趴到牛的身上,各自找到一块最肥嫩的地方,大吃大喝起来。

牛浑身上下钻心地疼痛。他甩头踢腿,一会儿也不得安宁。他跳到水里,牛虻就麇集在他的头上;他爬到岸上,牛虻又密密麻麻地糊满了一身。

牛实在受不了,再三乞求牛虻嘴下留情。牛虻得意地哼着小调,根本不理睬他。不多会儿,牛全身被咬得皮开肉绽,鲜血直流。

从此,不论牛走到哪里,都会遇到异样的目光,听到哧哧的笑声:"瞧,丑死了,秃尾巴的牛!"

牛"哞哞"地哭喊着,后悔莫及。

聪明的兔子

两只狼抓住了一只兔子。

灰狼说:"兔子是我抓住的,应该由我享用。"

棕狼一听,气得火冒三丈,长嚎了一声:"胡说,兔子是我最先发现的,应该归我!"

两只狼张牙舞爪,争论不休,各不相让。

可怜的兔子被他们按在爪子底下。他想,在这生死的紧要关头,不能坐以待毙。只要有一线希望,也要争取逃回去。

他灵机一动,突然有了个主意。

他镇静了一下,然后对两只狼说:"两位先生不要争论了,何必因为我伤了你们的和气呢!我倒有一个办法,能使你们双方都满意。"

两只狼吵得难解难分,正希望有一个第三者来调解调解,即便是手中的猎物,也不妨听听他的意见。

灰狼瞪着喷火的眼睛,大声命令:"说,如果你敢耍花招,我就揪下你的脑袋!"

棕狼牙齿磨得吱吱响,恶狠狠地说:"快讲,要是不公平,我就把你撕成碎片!"

兔子连忙说:"先生们。甭着急,我既然成了你们的猎物,还能跑得了吗?可是像我这样一只小兔还不够你们塞牙缝的呢!再说,你们这样争论下去,也不会有什么好结果。"他压低嗓门对狼说:"我可以告诉你们,在附近的一个地洞里还藏着我的几个伙伴,如果能抓到他们,你们都能饱餐一顿,问题不就解决了吗?何必为我一个伤了你们的和气呢!"

两只狼一听,涎水流了下来,舌头直舔嘴唇。

灰狼说:"在什么地方?快领我们去。"

于是两只狼松开了兔子,一左一右押着他去找地洞。

走了好一会儿,他们来到一口水井旁。兔子俯下身来,悄悄地指着井里说:"你们看,洞里不是有兔子吗?"

两只狼赶紧趴到井沿上,探头向下一望,果然看到了一只兔子。愚蠢的狼一点也想不到,那是上面的兔子映在水里的倒影。

这聪明的兔子偷偷地向水中投了个小石子,井里马上泛起了一层涟漪,兔子的倒影晃动起来,看去像是有几只兔子在里边打闹玩耍。

灰狼高兴极了,抢先说:"这只兔子是您先发现的,归您了。洞里的兔子全是我的。"

棕狼也不肯让步,立即声明:"这只兔子是您先抓住的,应该让给您。洞里的兔子都是我的。"

"要不是您的眼力好,先发现了这只兔子,我怎么会抓到他呢,别客气了,他理应属于您,洞里的……"

"不，不，虽然是我发现的，但是是您抓住的这只兔子，本来就是您的，洞里的我去抓。"

"先生们，不要再吵了，洞里的兔子听到了，他们全都逃跑了！"兔子装作着急地说。

井里的"兔子"果然都不见了。灰狼着了急，不管对方同意不同意，就纵身扑了下去。棕狼也不示弱，紧跟在灰狼屁股后面也跳了下去。只听扑通、扑通两声，接着是一阵挣扎。两只狼知道上了兔子的当，可是他们再也爬不上来了，他们在井里挣扎着，发出了断断续续的惨叫声……

渐渐地，声音微弱了，惨叫声平息了。两只狼都慢慢沉下水去。"咕嘟咕嘟"，水面上泛起一串串水泡。

兔子理了理身上的毛，蹦蹦跳跳地离开了井口。

骄傲的公鸡

骄傲的公鸡穿着一身华丽的衣服，昂首挺胸地在草地上散步。

他看见鸭子摇摇摆摆地走来，于是展翅长鸣了一声。他问鸭子："老弟，你听，我的歌声多嘹亮，远近闻名。你有这天才的歌喉吗？"

鸭子腼腆地摇了摇头。

公鸡又拉开了色彩鲜艳的翅膀，舞动着尾巴上五颜六色的长长飘带，说："老弟，你尾巴上怎么光秃秃的，像把铲子，一点装饰也没有？太寒酸了！瞧，我这身装束怎么样？"

鸭子连连称赞，自愧不如。

公鸡拍打了几下翅膀，一纵身飞上了一棵小树，然后俯身对鸭子说："喂，老弟，上来吧！树上乘凉、打秋千多有意思呵！"

鸭子侧着头向上看了看，羞愧地说："您知道，我是不会上树的，别难为我了。"

公鸡扬扬得意，"扑棱棱"又飞到地上，伸开爪子对鸭子说:"我的爪锋利得像铁钩子,可你的爪子连在一起,多难看啊!"

鸭子涨红了脸,急忙蹲在地上,遮住了自己的两只脚。

公鸡骄傲地一会儿叫,一会儿跑,不停地夸耀自己,嘲笑着后面一颠一拐的鸭子,他们俩不知不觉地来到了河边。

突然,跑在前面的公鸡声嘶力竭地大叫起来。原来,不远的芦苇丛里,一只狐狸正鬼鬼祟祟地向他们追来。

鸭子赶上来,也发现了敌人,他镇静地向公鸡说道:"快,跳到我背上来!"

公鸡早已慌作一团,鸡冠子吓得蜡黄,骄傲的尾巴垂到了地上,浑身直打哆嗦,两只脚陷在烂泥里,翅膀上下扑打着,寸步难移。他不停地哭喊着:"救救我,救救我……"

狐狸越逼越近,鸭子急忙蹲下身去,公鸡好不容易才爬到他的背上。鸭子张开宽大的脚蹼,很快跳下河,向河心游去。狐狸扑到河边,看着已离岸的鸭子和公鸡,无可奈何。

公鸡骨酥筋软,垂着翅膀,耷拉着脑袋,趴在鸭子背上,昏过去了。

鸭子游到对岸,放下公鸡,对他说:"醒醒吧!老兄,现在我们脱险了。"

公鸡慢慢苏醒过来,定了定神,无限感激地对鸭子说:"老弟,谢谢您,多亏您救了我,我才捡了一条命。"

鸭子不慌不忙地说:"不要这样讲,咱们各有各的长处,谁也不要骄傲,应该互相帮助,互相学习才是。"

公鸡臊得无地自容,鸡冠子更红了。

猫头鹰戴眼镜

猫头鹰是树林里的一霸，漆黑的夜晚，他的眼睛像两盏绿色的灯笼，地上一草一木都能看得一清二楚。可一到白天，他却成了睁眼瞎。铜铃一样的眼睛，大太阳下却什么也看不着，他感到这实在有失尊严。

他白天在窠里待腻烦了，听到小鸟们的欢闹声，也想活动活动翅膀，出去瞧瞧。谁知道刚一飞，就一头撞到了树干上。他又羞又气，大发雷霆。

一听猫头鹰大白天叫起来了，喜鹊、麻雀、斑鸠、山鸡……连忙飞来听候吩咐。

猫头鹰晕头涨脑地说："这棵树为什么长在我的门口？幸亏我眼力好，看得清楚，不然的话，还不把我撞死！快快给我砍倒它！"

这棵树上住着不少小鸟。他们辛辛苦苦在树杈上，树枝上筑起各种各样的巢，还有些刚刚出世不久的孩子，这些小家伙还不会飞呢。如果树砍倒了，不知道有多少小鸟要家破人亡。一听猫头鹰的命令，大家都吓呆了。有的母亲嘤嘤哭泣起来,鸟群里引起了一阵骚动。然而猫头鹰却一个劲地催促着砍树。

喜鹊拍了拍翅膀,向大家使了个眼色,说:"你们还站着干什么,还不快回家拿工具去。"说着,他向小鸟们努了努嘴,并指了指远处的一棵树。

大家一齐飞到那棵树上。喜鹊叽叽喳喳讲了一阵子,小鸟们个个眉开眼笑。

大伙又飞回到猫头鹰面前,一字摆开蹲在树枝上。喜鹊大声呼喊着:"兄弟姐妹们,干哪,加油干哪!"小鸟个个蹲在原地拍打着翅膀,哼啊嗨地喊着劳动号子:"三二那个一啊,一二那个三啊,同心合力来把大树砍啊。"

喜鹊对猫头鹰说:"先生,你看看,我们干得怎么样?"

一听让他"看看",猫头鹰打心眼里舒服。他转了转无神的眼珠子,装模作样地像是在仔细观察,然后说道:"嗯,还行!这一会儿工夫就砍断大半个树干了,这树马上就要倒了。"

喜鹊带领着大家又扑打了一阵儿翅膀。这时候,正巧刮起了一阵风,喜鹊就趁机大声喊着:"闪开,树要倒了!"小鸟们扑棱棱飞到空中,猫头鹰一缩脖子躲进了树洞。

风穿树林,呼呼作响,小鸟们一齐叫了起来,说是树倒了。

猫头鹰慢慢从洞里探出头来。喜鹊飞上前去说:"先生,您仔细看看,这样可以了吧!不会再阻碍您的路了吧!"

猫头鹰故作惊喜地说:"好,好,这下子亮敞多了!再也挡不住我的视线了。"小鸟们听了猫头鹰的胡言乱语,都捂着嘴笑了起来。

一看时机已到，喜鹊就开始恭维猫头鹰了："先生，您的视力为什么这样好？不要说白天了，黑夜里地上有根针您也能看得见，真是了不起。传说有一种'千里眼'，我从来没见过，今天我才明白了，原来说的就是您。"

"最近，我听说有一种架在鼻梁上的玻璃片，这东西可神了！戴上它，能让小的变大，模糊的变清楚。不过，我相信，即使谁戴上一千副这玩意儿，也难于和您的视力相比。"

猫头鹰听罢喜鹊的话，动了心，他想：说不定戴上这新鲜玩意儿，白天我也能看到东西的。心里这样想，嘴上却说："当然，对我来说这是一种累赘，我不需要任何东西来扩大我的视野。但也不妨搞一副戴戴，玩一玩也好嘛！"

喜鹊应声而去，不一会儿就拿来了一副涂了漆的眼镜，牢牢系在了猫头鹰的脑袋上，遮住了他的双眼。

猫头鹰望望天，看看地，煞有介事地说："呵，这玩意儿还真灵。你看，你看，那边，大概有二十里吧，一棵小草下面两只蚂蚁在打架呢，黄蚂蚁好厉害，把黑蚂蚁的一个脚趾咬下半个来。看见没有？我真糊涂，你怎么能看得到呢！"喜鹊摇摇头。"唉，你的视力不行啊，我这不是对牛弹琴吗！"

眼镜把鼻梁压得生疼，后脑勺箍得紧紧的，实在难受。猫头鹰硬是坚持到天黑，鸟儿也都睡觉了。他肚子饿得咕咕叫，是出去找食打猎的时候了。他抓抓挠挠，碰碰撞撞，想把眼镜弄下来，可是半天毫无结果，只好戴着眼镜走出来。

天啊，现在已是深夜了，平时什么东西都能看得清清楚楚，为什么今天戴上这个可怕的玩意儿，眼前仍是一片黑暗？

他气愤极了，急得在树上撞头，直撞得鼻青脸肿，翎毛飞落。最后镜片打碎了，他才重新看到了月亮、星星和森林。

从此，每逢白天，他总是戴着那副眼镜框蹲在树洞里，再也不敢出门了。

白公鸡化妆

村子里有一只好斗的白公鸡,他仗着自己个子大,特别喜欢欺负别人。

这一天,白公鸡显得格外高兴。因为,经过几次交锋,他终于把老对手花公鸡打败了。白公鸡得意极了,他耀武扬威地跳着走着,自信再也没有对手了。

远远地,他发现花公鸡包扎着伤口,正同其他伙伴一起在草丛中寻觅食物。为了再耍耍自己的威风,白公鸡张开翅膀,低伸着脖子,向花公鸡扑了过去。

可怜的花公鸡见此情景,顾不得就要到口的食物,耷拉着脑袋,匆忙躲开。他眼睁睁地瞧着白公鸡把自己好不容易才找到的一条蚯蚓吞进肚去。

白公鸡扯开喉咙长啼了一声。他在众多的伙伴面前羞辱了对方,这不能不说是一件痛快事。

但是他并不满足,还想再好好捉弄一下花公鸡。他想了一下,走到一个冷炉灶口,用锅灰把头脸涂得漆黑漆黑,狰狞可怕。然后又去找花公鸡寻衅闹事。

花公鸡完全不认识他的敌人了。他刚刚受了白公鸡一肚子气，正无处发泄，没想到素不相识的"黑家伙"也来欺侮他，他的肺都要气炸了。只见他勇猛地扑了上去，和"黑家伙"撕打起来。

白公鸡大吃一惊。他想，花公鸡是我手下败将，今天莫非吃了熊心豹子胆了，怎么胆敢同我对起阵来了？他本来以为，对方只要一看到他这副可怕的嘴脸，就会夹着尾巴溜掉，所以根本没有打架的准备。他顿时手足无措，被花公鸡一口拧住了鸡冠子，拉下一块肉，鲜血流了一脸。

花公鸡越战越勇，白公鸡渐渐无法招架了。不一会儿工夫，只见他满脸伤痕，翎毛一撮撮被揪了下来。眼看支撑不住了，他喊了一声："住手，我是白公鸡！"

"不管你冒充谁，我也不会轻饶你！"花公鸡正在气头上，根本不听他的，继续猛打猛冲。

白公鸡拼命挣扎着，嘴里不断念叨着他过去打败花公鸡的"战绩"，想证明自己的身份，使对方闻名丧胆。

谁料恰恰相反，当花公鸡知道了眼前这个草包确实就是过去欺负过自己的仇敌以后，新仇旧恨一齐涌上心头，白公鸡遭到了更可怕的报复。

涂黑了脑袋借以吓人的白公鸡终于筋疲力尽了，他瘫在地上，任凭对方啄来啄去。

花公鸡胜利了，喔喔啼叫着，扬长而去。

风信鸡和公鸡

在北方农村的屋脊上,往往会看到一个用铁片剪成的公鸡,附在一根铁丝轴上,成天随风转动,指示着风向,被人们叫作"风信鸡"。

一天早上,一只站在一座高大屋顶上的风信鸡骄傲地俯视着地下的公鸡说:"喂,你瞧,我站得多高哇!不管多远的地方我都能看见。可是你呢,却只能在地上消磨一生,真可怜!"

公鸡掉过头冷冷地看了他一眼说:"是啊,风信鸡先生,你确实站得很高,但遗憾的是你从来没有自己的意志。东风吹来你转向西,西风吹来你又转向东。转呀,转呀,随风转动着度过你的一生。你只会在原地兜圈子,永远不能向前跨进一步。你应该明白。该可怜的不是我,而是你自己。"

风信鸡还想说话,可是一阵风吹得他掉过头去。等他再把头转过来的时候,公鸡已经走远了。他脚踏着大地,迎着初升的太阳高声报晓,唤醒着沉睡的大地和村庄。

风信鸡呆呆地望着远去的公鸡,什么也说不出来了。突然,他的头又转了过去,因为风向变了。

喜鹊的灾难

喜鹊和啄木鸟是邻居,住在两棵树上。

喜鹊的房子建在高高的树梢上,他常对啄木鸟夸耀说:"我的房子多漂亮,太阳一晒暖洋洋,风吹好像打秋千,住在这里真欢畅。"

啄木鸟是个树医生,他仔细检查了这棵树的树干,敲了敲,听了听,担心地说:"你的房子好危险,蛀虫正在咬树干,总有一天要折断!"

喜鹊看着修长的树干,浓密的叶子,不以为然地笑了笑。他又快活地跳起来,唱起来。

啄木鸟却每天趴在自己那棵树上,用铁钎子一样的嘴一遍又一遍地在树干上敲打着,捕捉着蛀虫。这棵树长得根深叶茂,浓荫遮天。

在一个漆黑的夜晚,突然狂风大作,雷电交加,天翻地转。啄木鸟住的这棵树,枝干挺拔,根深基础牢,在风雨中屹然不动。喜鹊住的那棵树像一棵细嫩的小草,在狂风暴雨中摆来摆去。喜鹊的窝成了大海中上下颠簸的小船。终于,随着"咔嚓"一声巨响,树干拦腰断了。喜鹊和她的孩子们从窝里被抛了出来,狠狠地摔到了地上。

啄木鸟急忙飞下树来营救,可是小喜鹊们都已经死了,喜鹊自己也已奄奄一息。她望着被蛀空了的半截树干,对邻居说:"我真后悔! 当初没听你的忠告。只图眼前安乐,结果招致灾难!"

小猴穿鞋

深山老林里住着一群猴子。

一天,一只小猴从家里溜了出来,独自跑到山下玩耍。他看见来来往往的人都穿着鞋子,感到非常新奇。他灵机一动,也想弄双鞋来穿穿。有了鞋,就不怕蒺藜刺脚了。

说干就干。小猴悄悄溜到一户人家,从窗台上偷了一双小孩鞋。

他兴高采烈地回到家里,背着妈妈,好不容易才把鞋穿上。他想学着人走路的姿势,到伙伴们面前炫耀一下。哪里知道,他穿上鞋子后,脚跟反倒站不稳了,步子也迈不开了。他东倒西歪,前仰后合,像是喝醉了酒。小猴这副样子,逗得小伙伴们捧着肚子笑弯了腰。

正在这时,远处来了一只大老虎。小伙伴们一个个都飞快地爬到树上躲了起来。可怜的小猴子脚上穿着鞋,一步也挪不动,他想把鞋脱下来,可是怎么也撕扯不开,他吓慌了,急得吱吱乱叫。多亏妈妈及时赶到,跳过来抱起小猴上了树。

小猴在树上站也站不住，妈妈只得把他紧紧搂在怀里。

老虎走了。妈妈一边给小猴脱鞋，一边对他说："我们生活在树上，人生活在地上，学习别人的长处，不要忘了自己的具体情况。"

老鼠装死

有户人家的屋子里有一只老鼠。它每天夜里窜出洞来，肆无忌惮地偷吃饭菜，把碗碟弄得叮当乱响，闹得一家人不能睡觉。

主人下决心要捉住老鼠。他用一根小木棒把一个倒扣的盆子支起来，木棒上拴一条带面团的细绳。只要老鼠一拉面团，绳子拉倒木棒，盆子就会扣下来，老鼠说什么也跑不了。

一天夜里，"啪"的一声，盆子扣了下来。听见响声，主人赶紧翻身下床。他俯下身来听了听，盆子下面没有一丝声音。主人又敲了敲盆子，想惊动一下老鼠，可是仍然毫无动静。他慢慢将盆子的一边抬起，想趁老鼠从缝隙里向外跑的时候，用盆沿压住它。结果，依然不见有什么动静。

最后，主人完全失望了，他毫不在意地把盆子翻转过来。就在这一刹那，躺在地上的"死老鼠"却一跃而起，眨眼之间跑掉了。

乌鸦和狐狸的新故事

树上有一只乌鸦,嘴里衔着一块肉。树下一只狐狸,蹲在地上,拱拱手对乌鸦说:"乌鸦小姐,您好……"

没等他说完,乌鸦就连忙把肉小心翼翼地放到了树杈上,然后说:"狡猾的狐狸,还想拿甜言蜜语来奉承我吗?我的老祖母过去上过你们的当。当时你的祖父吹捧她歌声多么美妙,非常希望听听她的演唱,结果我祖母刚一张嘴,还没唱出一个音符,嘴里的肉就落到了你祖父的口里。我家的备忘录里还记载着这件事呢。你想再表演一次吗?我可不是我的祖母,别打算让我上当。"

狐狸非常诚恳地说:"对,我的祖父是干过这么一件缺德的事,你存有戒心是完全可以理解的,对这种人就应当提高警惕。我就看不上这类人,自己也学不来。所以家里人整天骂我不像狐狸的子孙。笨嘴笨舌、不会奉迎。心里太老实,说话太爽直。只要发现别人将有大难临头,就憋不住要提醒人家。人家不相信,还骂我咒了他。等到真的出了事,才后悔没听我的忠告。有时,我想这是何苦了,下决心不管闲事了，可是良心又使我不忍，就拿你目前的事说吧……算了，算了，不说了。"

乌鸦心里想：怎么？我要出什么事吗？不妨让他说下去。接着她警惕地看了看那块肉，对狐狸说："讲吧，看你怎么说。"

"算了，算了，你又要疑心我要什么花招了：是不是想骗我那块肉啊？"狐狸学着乌鸦的腔调。他停了停，接着说："你那块肉让我吃，我也不吃。"

一提到肉，乌鸦马上又叼在了嘴里，似乎狐狸会爬上树来跟她抢走。

"嘻嘻嘻嘻，看把你吓的，疑心也太重了。难道你伤风了？我在下面都闻到肉的臭味了，你都嗅不到吗？告诉你，吃了臭肉是会中毒死亡的。看，我又多管闲事了。"说着狐狸又捂上了鼻子，"臭死了，臭死了，你嗅到了吧！"

乌鸦并没觉得肉臭，但是为了证明自己的嗅觉并不比狐狸差，就点了点头。

狐狸接着说下去："乌鸦小姐，您知道吗？人家都在背后讥笑您呢！说您落后于时代，赶不上现代的文明，还保留着吃死动物肉、臭肉的旧习惯，太不文雅，有失体统。你看我和狼、苍鹰都是捉些活鸡、活兔子吃，又新鲜又卫生。而您呢，还叼着块烂肉当宝贝呢！这种臭肉，爬满了细菌，不要说吃，嘴碰碰它都要刷牙漱口。"

乌鸦臊得脸通红，祖母的教训早忘了，羞羞答答地把肉扔了下来。狐狸走上去就一口吞掉了。

乌鸦很惊讶："你怎么不讲卫生了，不怕生病吗?"

狐狸说："你扔到这里，别人捡到吃了，还会生病的，我吃了就不会再毒害别人了。"

乌鸦非常钦佩地说："舍己为人，风格太高了。我刚才还以为又犯了祖母的错误，上了你的当呢!"

"那怎么会呢，我并没有奉承你啊!"

忘掉了奔驰的野马

一群野马生活在辽阔的草原上。肥美的野草,清澈的泉水,使他们个个吃得膘满肉肥。

灾难突然降临了。一匹白马让强盗拉走了。日久天长,在无情皮鞭的抽打下,他被训练成了强盗的坐骑。勒勒笼头,他就知道奔跑的方向,挥挥鞭子,他就急忙撒开四蹄飞奔。即使主人不系缰绳,他也不会离开马厩一步。

白马对广阔草原上自由自在的生活渐渐淡漠了。

后来,强盗被打死了,白马又回到了草原。伙伴们跑来欢迎他,为了庆祝他的解放,大家举行了一个运动会,热情地鼓励他:"朋友,走吧,走吧,在这大草原上任情地奔驰吧!"

白马却木然地站在那里,一动也不动,左顾右盼,不知所措。伙伴们再三催促它,最后他凄然地回答:"没有马勒,我怎么能知道向哪个方向奔跑?没有皮鞭,我怎么能知道什么时候迈步?"

伙伴们大吃一惊,沉痛地说:"可怜的朋友,马勒、皮鞭这都是强加在你身上的枷锁,我们本来就不需要它!甩开这些可怕的阴影,到太阳照耀下的大草原上奔腾吧!"

后来,在草原上我们又看到了那匹四蹄凌空的白马。

习惯了谬误,往往会误当作真理。

蚯蚓和蝼蛄

卑微的蚯蚓,以他柔软的身躯,顽强地翻耕着坚硬的土地,从春到秋,无声无息,埋头工作。

一只蝼蛄跑来对他说:"你这样默默无闻地劳动,吃的是泥土烂叶,贡献的是高效肥料,蜷曲着身子,整年累月生活在地下,不见天日,这是何苦呢?你的功勋又有谁知道?历史的哪一页上可曾记载过你的尊姓大名?"

"我希望的只是土地肥沃,庄稼茂盛,五谷丰登,可从来没想过天下扬名,让人赞颂。"

"这是傻瓜的哲学!"蝼蛄教训蚯蚓,"你瞧我,真是得天独厚,从来不需要干活。花生、土豆、种子、庄稼的嫩根幼芽都是我的美味佳肴,想吃什么就吃什么。"

蝼蛄说到这里,心满意得地唱起歌来:

> 多快活,多快活,
> 不劳动,不干活。
> 农民送来饭和菜,

不愁吃来不愁喝。
多快活,多快活,
想吃什么吃什么。

这一阵怪声怪调传到了一个农民的耳朵里,他拿起锄头对准蝼蛄劈来,蝼蛄立刻被判处了死刑。

肯动脑筋的蚂蚁

两只蚂蚁找到了两粒麦子。各自拉一粒,拖回家里去。

从这里到家里,中间隔着一个土坡。一只蚂蚁坚持沿着土坡边缘走,这样虽然要绕一个大弯子,可是这条路路途平坦,是蚂蚁经常来往的通衢大道,比较安全。另一只蚂蚁提议翻过土坡直接走回家去。这条路,路程近,到了坡顶,还可以让麦子沿着斜坡滚到家门口,省力气。可是这里坡陡危险多,再说过去还没有蚂蚁从这里搞过运输。

第一只蚂蚁从鼻子里哼了一声:"异想天开!"否定了第二只蚂蚁的意见。

意见不一致,只好各走各的路。

第二只蚂蚁在坡下研究了地形,选择好了突破点,在几乎六十度的斜坡上,咬紧麦粒,开始了艰苦的攀登。几次都接近成功了,可是一脚没踏稳,一个跟头摔下来,又前功尽弃。

上去摔下来,摔下来再上去,反复多次,最后终于领略了土坡最高点的风光。他站在这里,遥遥望见了门前熙熙攘攘的伙伴。

他把麦粒横对着家门口的方向安放平稳，然后用力一推，又立即紧紧抱住了麦粒，就这样麦粒带着蚂蚁一块沿着斜坡"骨碌碌"滚了下去。不远不近，正好滚到了家门口。在伙伴们的帮助下，毫不费力地就把麦子拖进了库房。

这时，另一只走老路的蚂蚁，还没走完全程的一半呢。

熊的"友谊"

秋风阵阵吹着,黄叶随风飞舞,霜降了,草枯了,天气一天天冷了。

两只小白兔忙着盖新房。熊慢腾腾地走来,对兔子说:"恭喜,恭喜,安家立业盖新房,为什么不让我帮你们砌砖和泥?"

"我们上过当,吃过亏,不敢再请别人帮忙了。"一只小白兔回答。

"这难怪,那些家伙跟咱们不一条心。我才是你们的真正朋友,帮助别人是我的天性。"

两只小白兔以为今天可能碰上了好朋友,于是同意了他的建议。

熊捋捋胳臂卷起袖子,摆开了大干的架势。可是刚搬了一根木头,就"呼哧呼哧"喘起来。小白兔客气地说:"老兄,休息一会儿吧!"

"唉,为了赶路,从早晨到现在,老远地跑了来,粒米没沾牙呢!"熊紧了紧腰带。

小白兔领会了他的意思，不一会儿端来了热腾腾的饭菜，还有熊最爱吃的蜂蜜。熊虚情假意地客气一番之后，就大嚼起来。一连添了三次，才算吃饱了，吃得小白兔家的粮食囤底见了天。

小白兔催熊快盖房子。他打了个饱嗝，揉揉肚皮，伸个懒腰，打着哈欠说："不忙，凭我这把力气和技术，这点活儿不费吹灰之力。不瞒你说，我有一个老毛病：饭后一定要甜蜜蜜地睡一觉。我想，好客的主人是不会改变我多年养成的习惯的。"说着，倒头就躺在了小白兔的床上，四脚朝天摆了个"大"字，臃肿的身体塞满了整个房间。他鼾声如雷，拉屎撒尿弄得臭气冲天。

熊一觉醒来，星星早已经在夜空眨眼。他又提议：为了庆祝兄弟般的合作，晚上开一个联欢会。小白兔高高兴兴地应承了："好吧，老兄，请您先出去散散步，消消食儿。我们来打扫一下房间，布置一下会场。"

熊蹒跚地走出去了。他刚一出门，两只小白兔就"呼"的一声把门关上了。熊一看上了当，就擂着门窗大喊："开门，开门，我还要帮你们盖房子呢！不要忘了我们珍贵的兄弟般的友谊啊。"

小白兔从门缝里回答："甜言蜜语听够了。房子还是我们自己动手吧。吃我们的饭，睡我们的床，乱拉屎尿弄脏了我们的房，咱们之间是不会有真正的友谊的。"

山雀旅行

山鹊住在山坡上的一棵大树上。山上有茂密的树木，山下有淙淙的泉水。春天桃李花开得漫山遍野，秋天颗颗宝石般的果实压弯了枝头。她熟悉这里的每一块石头，每一根小草。可是时间长了，她渐渐地感到这里太枯燥了，想到其他地方走走，找个新的住处。

听说大海很好玩，她动了心。有一天她飞呀飞呀，飞了很远，遇到了海鸥。海鸥眉飞色舞地向她介绍说："大海可真是个好地方。早上看日出，彩霞万里，晚上听涛声，悦耳动听。蓝的海，白的帆，树叶一样的小船……大海美极了。浪击礁石激起朵朵浪花，水舐沙滩泛起层层波纹，好看着哪！身子脏了洗个海水浴，肚子饿了，有的是鱼虾。

山鹊听了海鸥这篇言词，就随着她飞到了海边。开始确实觉得这里是另一番境界。可是她受不了那刺鼻的鱼腥，吃不下东西，睡不惯石岩洞穴，海涛声闹得她彻夜不得安眠。第二天弄了一身泥沙，到海边冲冲澡吧，又差一点被淹死，一身羽毛都湿成了毡子。

这时她又想起了那筑在树上的巢,风一吹。摇来荡去,像是打秋千,多么快乐啊!那草丛中的蝗螟、蚱蜢又是怎样的鲜嫩可口。再说家乡是何等安静啊,永远没有哗啦哗啦的浪涛声打扰你的香梦;泉水叮咚叮咚,像是弹琴奏筝,给你演奏着催眠曲。

她又飞回了山乡,对那熟悉的山谷、石头、树木、花草、山泉更加喜爱了。

老虎的弟弟

猫在森林里遇见了兔子、狐狸,向他们吹嘘说:自己是老虎的弟弟。

兔子、狐狸看了看他的长相,甚至嘴上的胡须,确实与老虎像哥俩儿。虽然个头小一点,可也不能小看他。猫接着又煞有介事地夸耀了一番自己的家族史。兔子、狐狸不免对他怀着几分敬畏。于是拿来最好的美味佳肴招待了这位老虎的弟弟。

有一天,猫、狐狸、兔子一块在森林里散步,天过中午,他们都有些饿了。正好这时候,有一只老鼠从他们面前跑过。猫一看,馋涎欲滴,一纵身就扑了过去,把老鼠死死地按在爪子底下。呜呜呜地哼着得意的小调大嚼起来,还不时地斜着眼睛看着两个来的伙伴,生怕他们抢走了他的可口美餐。

狐狸和兔子感到非常惊讶。

"滚吧,你这个诈骗犯!"狐狸、兔子后来不禁对猫大声斥责。

猫吃了一惊，一面紧紧地抓住老鼠，一面怒睁着双眼说："反了，反了，要知道我是老虎的弟弟！"

"呸，好一个冒牌货！"

"什么?！我是冒牌货？你们恶语中伤，有什么根据？"猫的声音显然有些色厉内荏。

狐狸、兔子指了指那只死老鼠说："你对老鼠的兴趣就是最好的证明，告诉你，老虎的家族对这种小东西，是连看都不看的。"

这个老虎的"弟弟"终于又成了猫。

好心的小鸟

天下起了蒙蒙细雨,鱼儿高兴地浮到水面上玩耍,他们钻上钻下,摇头甩尾地戏游着。

两只小鸟在空中看到了这种情景就议论起来。一个说:"哎呀,你看这些鱼儿大概快要淹死了,正在呼救呢!我们要想想办法。"

另一只鸟说:"不错,这个地方可是不得了!我的小弟弟就是让人扔到池塘里活活淹死的。我看这几条鱼儿大概也支持不住了。"

"我们赶快把他们救上岸来吧!"

两只小鸟商定后,就站在岸边,看到游近的一条小鱼儿,他们两个一个叼住尾巴,一个叼住前鳍,就把小鱼儿拉了出来,放到岸上。

小鱼儿竭力挣扎着,甩尾巴,挺身子,一直在地上翻跟头。

两只小鸟乐得拍打着翅膀:"啊,看哪,看小鱼儿高兴得跳舞了。"

不一会儿,鱼儿直挺挺地躺在地上不动了。

两只小鸟悄声说:"不要惊动她,她太累了,让她好好睡一觉吧。我们今天总算做了一件好事,抢救了一个生命。"

狗熊的理论

马戏团里有一只狗熊,驯兽员为了鼓励他表演节目,在每次表演完一个节目之后,总要喂他几颗花生米。

有一天,狗熊和主人辩论起来。狗熊说:"你老是这样让我饿着肚子,我哪有力气表演啊。"

主人一想这话也许有点道理,于是拿来了蜂蜜、花生让他吃了一个饱。

演出就要开始了,主人说:"现在你已经酒足饭饱了,再没别的可说了吧,那就请上场表演吧。"

狗熊却翻了翻眼皮,慢条斯理地说:"过去我饿着肚子表演,是为了挣你那一粒花生米。现在我的肚皮填得鼓囊囊的,不需要那粒花生米了,我为什么还要为你去表演呢!"

驴子报晓

黎明的时候,一只公鸡总是准时无误地报晓。农夫夸奖他:"每天按时叫醒我下地干活,真是一只好公鸡。"

这句话让驴子听到了,他想:"我的声音比公鸡大得多,如果比公鸡更早地叫醒主人,他也一定会赞扬我的。"

第二天半夜里驴子就哇哇大叫起来。主人被惊醒了,以为是偶然的一次,没理会他。

第三天、第四天驴子越叫嗓门越大,时间越来越长,主人大发雷霆,披上衣服,拿了一条鞭子,走到圈里,对驴子一顿抽打,嘴里骂着:"畜生,半夜三更的,你乱叫什么!好好的梦都让你吵醒了!"

驴子非常委屈,第二天就去找公鸡诉苦:"我真不明白,我叫的声音比你大得多,叫的时间比你早得多,为什么主人抽我、骂我呢?"

公鸡说:"生硬地模仿没有不吃亏的。"

乌鸦和鹦鹉

鹦鹉和乌鸦原来是好朋友。当时鹦鹉还没有色彩斑斓的衣衫,也没有婉转的歌喉。

一天,鹦鹉对乌鸦说:"森林里有这么多能歌善舞的鸟,有的衣帽鲜艳绚丽;有的歌声动听清脆,如果把他们的特长都学来,我们不就成了最漂亮的歌星了吗?"乌鸦不以为然,嘲笑鹦鹉:"爹妈生下我们,呱呱坠地就如此。身体发肤受之父母,不敢损伤。怎能随便改变?现在这样不就挺好吗?不要异想天开了。"说不服朋友,鹦鹉只好自己行动了。她取来孔雀的墨绿,黄莺的嫩黄,喜鹊的瓦蓝,啄木鸟冠上的橘红,独出心裁,做成一件花样翻新的衣裙。她拜百灵鸟为师,学习歌唱,谱成了一曲曲美妙的乐章。鹦鹉终于成了森林里最漂亮的服装模特,最受欢迎的歌星。

乌鸦始终缩着脖子蹲在枯枝上,依旧穿着那身单调的黑袍。对鹦鹉发生的变化总是吃惊地叫着:"啊!啊!啊!"

老马迷路

一匹老马从山里到山下驮了一辈子货物。对羊肠小道两边的一草一木都非常熟悉，从来不用主人吆喝牵引，自己就能自来自去。

有一天，主人在山下镇上买了些东西，住了一夜。第二天，主人有些事情还没办完，就先让老马把东西驮回去。

老马踏着石子路，"嘚嘚嘚"非常自信地往回赶。走到半路，却遇到了麻烦。

原来昨天下了一场大雨，路被冲断了，有人刚刚把它修好，比原先的路宽了许多，还除掉了一些杂草。

老马茫然了。他虽然看见这段新路的那端不远处，就是自己走过千百次的羊肠曲径。再向前看，他甚至看到了马厩的屋顶。但是，眼前的这段新路却从来没见过，更没走过。面对新情况，他踌躇不前，停了下来，不知如何是好。

鸵鸟和猎豹

鸵鸟和猎豹跑得都非常快。

有一天鸵鸟遇见了猎豹说:"你为什么要用四条腿跑呢?你瞧我用两条腿多方便,不照样跑得很快吗。你协调四条腿的动作,要比我多花一倍的精力呢。你看袋鼠就用两条腿跳跃,腾出两条腿来拿食物,料理孩子,便当多了。"猎豹觉得鸵鸟说得有理。于是就练习着直立行走,结果站都站不稳,更谈不上奔跑了。

猎豹把原来匍匐前进靠近猎物,然后突然袭击的绝技,弃置不用,一心直立行走捕杀猎物。结果他刚站直身子,就被对方发现,猎物迅速逃走。同时,他那蹒跚的脚步,也根本追不上猎物,天天挨饿。

辑二 丢掉影子的小偷

皇帝的棋艺

从前有个皇帝是棋迷。

皇帝权力至高无上，他的棋子就横行无法。不消说车、马、炮，就连小卒也很少丢过。就这样，他的大臣、太监、妃子还要连称"死罪"。走不上几步，对方老将就束手就擒。皇帝耳边听到的是一片热烈的颂扬。于是他当然地成了常胜将军，自认为宫中已无敌手，棋艺已经炉火纯青。

胜利固然令人陶醉，但是胜利来的这样容易，反而减少了胜利者的兴致。尝一次失败的痛苦，会增加对胜利十倍的疯狂追求。在一片凯歌声中，皇帝感到有点寂寞无聊了。

于是他想到外面走走，查访天下名手，看看自己的棋艺是不是盖世无双。穿上麻鞋粗布衣，扮成平民模样，皇帝就步出宫殿，步出城郭。刚刚出城不久，他就看见河边柳荫下，两个牧童趴在地上，手托两腮，翘着两个脚丫在那里下棋。双方左砍右杀，棋谱非常精通。皇帝眼花缭乱，目不暇接。他要求跟孩子对杀，结果连连失利。皇帝举棋不定，苦思再三。孩子却不假思索，应手而出。常胜将军第一次尝到了失败的苦恼。

皇帝询问他们拜的是哪家师傅。一个孩子说:"是看爸爸下棋学来的。"接着他就找到了孩子们的爸爸——两个正在耕作的农民。皇帝讲明来意,问了尊姓大名,两个农民就给他表演起来。只见将、士、相、车、马、炮左右驰骋,穿插交错,杀作一团。皇帝见所未见,闻所未闻,都看呆了。

皇帝也无须远游了,就匆匆回城,大骂宫中尽是饭桶草包。立即命令太监传旨,宣那两个农民进宫与自己对弈。

两个农民一听要他们上殿跟皇帝下棋,心想这可闯了大祸,在野地里对皇帝失礼,这次进宫还不严加治罪!事到如今,也只好领旨上殿。他俩商定,到了宫里,只能输不能赢,如果棋上将死了皇帝,棋后还不惹来杀身之祸!

棋案已经摆好,象牙棋子,玉石棋盘,巧夺天工。皇帝坐在龙椅上。两个农民跪在对面躬身应对。皇帝动动嘴,就有太监给他移动一下棋子。两个农民你走一步,我走一步,故意把车、马、炮放到皇帝嘴上,让他吃掉。皇帝像过去跟宫里人下棋一样,轻而易举连胜数盘。农民的精湛棋艺再也看不到了。皇帝心里很纳闷:他们在野地里下棋左右逢源,自己看都看不懂。为什么一进了宫,一蹶不振,国手变成了草包?为什么我一坐上龙椅,穿上龙袍,棋子就锐不可当?

皇帝反复琢磨,苦思冥想,恍然大悟,终于找到了答案:

保证棋坛常胜的不是自己的棋艺,而是龙袍、龙椅。只有脱下龙袍,走出宫去,才能发现国手,学到棋艺,也才能真正检验自己棋艺水平的高低。

禁锢的"名画"

有人得到一幅名画。名画封固于匣盒之中。盒盖上题字数行:"名家真迹,价值连城,见光变色,遇风灰化,珍爱国宝,严禁开启。"

对于这无价之宝,收藏家专门建造了一处密室,重门暗锁,富丽堂皇。高价请来著名工匠,打造了一个铁柜。画匣子放进去后,铁柜缝隙全部焊死,活是一副"铁棺材",任你铁锤钢钻也无法打开。为保护名画他日夜巡逻,寝食不安。

拍卖行建议他拍卖藏品。苦口婆心,几经劝说,收藏家终于挥泪割爱。经媒体炒作,居然拍出天价。收藏家一夜暴富。

后来,这副"铁棺材"几经辗转倒手,走私国外。因争夺名画,引起黑社会火并,发生了几桩命案,震动世界。最后,通过多方交涉,才物归原主,回到国内,由国家博物馆收藏。不久又被窃贼盗走。全国发了通缉令,高价悬赏,窃贼终于落入法网。

但是这个"铁棺材"里珍藏的到底是一幅什么画,是花鸟，是山水，还是仕女？画家何人？画于何代？谁也不明就里。因为"名画"的特点和价值就在于它永远不能开启、永远不能欣赏、永远是个秘密。

集邮者的发财梦

一种邮票世界仅存十枚,一位集邮者用尽各种办法全部收买到手。不幸发生一起火灾事故,住房化为灰烬。他痛哭流涕地告诉大家,他一生心血,全部邮品葬身火海。连那世界上仅存的十张最珍贵的邮票也未能幸免。

这惊人的消息让媒体炒作得沸沸扬扬。无不为这稀世珍品、无价之宝的横遭不幸而扼腕唏嘘。但是,不久又爆出新闻:稀世珍品尚有一枚存世。原来邮票主人偶然发现在钱包夹层里,不知什么时候放进了一张。为了生计,现在不得不忍痛拍卖。

一石激起千层浪,舆论大哗。相信者有之,怀疑者有之。而怀疑者居多:这么珍贵的邮票怎么会整天随身携带?为什么会随随便便放在钱包里?说准备与人交换,更不能令人信服,费了九牛二虎之力将十枚邮票刚刚全部收集到手,为什么又马上出手?种种疑问纷至沓来。邮票主人又多方解释,结果越说破绽越多。大家一致肯定这枚邮票是赝品,而且造假者就是他本人,因为只有他才有真品可以模仿。最后让专家鉴定，一致认为，作伪技术极高，简直可以以假乱真。

原来那场火灾是他故意制造的，想以此证明十枚邮票珍品有九枚罹难，独存一枚就可以卖出天价，赚取比烧掉的房子、十枚邮票高出百倍千倍的价钱。事与愿违，不但仅剩的一枚真正的邮票珍品被认定为"假货"。自己也因纵火罪、欺诈罪而身陷囹圄。

贪得无厌，自招灾难。

奴隶与国王

从前有一个丑陋的国王,每天面对镜子研究自己的五官。开始非常懊恼,时间一长,习惯了,反倒觉得自己是天下第一美男子。征求王后、妃子、大臣的意见,他们无不交口称赞国王的美貌。如果他们能有一处像国王,也就不枉一世了。

国王听得飘飘然,突发奇想,颁了一道圣旨:宫内上下人等都要按照国王的相貌身体,改造自己的五官四肢。

国王塌鼻子,高鼻梁的都削下一块鼻梁骨;国王疤癞眼,每人都划破了眼皮;国王天生豁嘴,宫内男女都露出了上牙床;国王缺少一条眉毛,宫里人都刮去了半边眉毛;国王是个麻子脸,大家用香把脸烧的都像反过来的石榴皮。一时间,王宫里全体进行了一次空前的大手术。

美丽的宫女,英俊的侍从,个个成了人不人鬼不鬼的丑八怪。连看惯了自己丑陋尊容的国王也不免大吃一惊。

国王的恶作剧激怒了宫里的下人。他们时刻等待着报复的机会。

这一天终于来到了。

国王去祭祖，出发前下台阶的时候，不小心摔瘸了一条腿。国王坐上了轿子，刚一走开，轿子就上下左右摇摆颠簸起来。国王在轿子里滚来滚去，活像筛煤球。气得他青筋暴起，挣扎着探头向外一看，只见四个轿夫全成了瘸子，里勾外拐，左撇右甩，扭起了大秧歌。轿子颠簸得像波涛汹涌的大海里的一条小船。国王气得麻子坑都鼓了起来，大喊大叫："狗奴才！不想活了！昨天还好好的，今天怎么都瘸了？"

国王雷霆之怒，终于让轿子停下来。一个太监嗫嗫嚅嚅地回答："启禀陛下，陛下今天腿脚有点不灵便，奴仆遵照过去的圣旨，我们也必须让腿瘸了。望圣上恕罪。"

国王哑口无言，"唰"放下了帘子。在里面又滚了一阵子，五脏六腑都快吐出来了，最后命令停轿，他要骑马。

一个瘸瘸拐拐的马弁拉来了一匹骏马。国王刚骑上去，马弁就对马大声训斥："你这个违抗圣旨的畜生，怎么还不改造四肢！我来帮你！"他拿起一根木棒，就照着马的前腿抡去。马长嘶一声，前腿凌空腾起，直立起来。国王牢牢抱住马脖子，总算没有摔下来。马瘸了，一步一颠地驮着国王，不一会儿，国王的两个屁股都磨出了血。马弁是遵旨办事的，国王有苦说不出。

无可奈何，国王只好步行。腿上旧伤，臀部新伤，疼得他麻子坑里渗满了汗水。

国王前面走，大臣、仆从后面跟，瘸腿列队大检阅，姿态万千，瘸法各异，逗得站在远处观看盛典的百姓捧腹大笑，乐不可支。

国王回宫后，又羞又恼，急火攻心，不久双目就失明了。这可乐坏了宫里挨打受气的下层奴婢。他们给皇亲国戚送来了石灰粉，遵照圣旨，跪请他们为民表率，快快动手，尽快失明。皇亲国戚个个面如土色，惊恐万状，然而又不能违旨。一阵鬼哭狼嚎之后，个个都成了瞎子。接着这些下层奴婢也假装动了"手术"，互相做个鬼脸，干号了一会儿，让皇亲国戚相信他们也成了盲人。

他们又回到国王身边。国王说他要到外面走走。宫女说："我现在也是盲人，照顾不好您了。皇上自己当心。"

国王知道又是那倒霉的圣旨在作怪。也只好哑巴吃黄连。他摸索着向外走，刚跨出门槛，小太监一伸腿，从背后一推，国王就摔了个狗吃屎，骨碌碌一直滚到台阶下面。国王声嘶力竭地大喊："抓刺客！抓刺客！"

这时宫廷的男女奴隶们一拥而上，揪住国王拳打脚踢，还齐声责骂："好小子，竟敢谋杀国王。打死他，打死他！"

国王在地上打着滚，呻吟着："别打了，别打了，是寡人，你们的国王。"

奴隶们停了手，捂着嘴笑个不停。又连忙"请罪"："皇上，小人们该死，该死，恕我们双目失明误伤龙体之罪。"

国王哼哼歪歪地爬上台阶，钻进了卧室。脸上像鸡爪挠过一样，血肉模糊。他要宫女给他敷药。宫女就给他拿来石灰末和盐巴，往国王脸上一撒，疼得他龇牙咧嘴全身颤抖。

宫女忍住笑，再次"请罪"："皇上我双目失明拿错了药，恕我双目失明之罪。"

国王饥肠辘辘，要喝碗人参燕窝汤。御厨送到国王手里。国王急不可待地喝了一大口。结果辣得他流泪不止，从嘴唇到胃里像捅进了一根烧红的铁条。原来这是一碗辣椒糊。御厨急忙说："陛下，恕我双目失明之罪。"

这时候，国王忽然听到人声鼎沸，吵吵嚷嚷。原来宫廷的奴婢打开了宫门，千千万万穷苦百姓拥了进来，要拿回被国王抢夺去的东西。

国王歇斯底里地大叫："反了，反了，都给我抓起来！处死！"

奴婢们坐在龙椅上悠然地回答："御林军全瞎了，怎么抓人呢？皇上，恕他们不能尽职之罪。"

国王再也没有力气说话了。他呼吸急促，全身抽搐。突然，从床上爬起来，东抓细摸，声嘶力竭地喊着："圣旨，圣旨，我的圣旨在哪里？把它撕了，把它烧了，圣旨，圣旨，可害苦我……"话没说完，一头栽在了地上，命断气绝。

狼与猎人的舌战

狩猎者协会发表了一份声明。经过调查,认定狼是最残忍的野兽。小到鼹鼠,大到黄牛,狼一概扑杀。我们一致声讨,严厉谴责这种违反人道的行为。我们为那些被狼残害的大小生灵,表示最大的同情和最深切的哀悼。为了维护人道,自即日起,我们将对狼采取最严厉的制裁措施。

狼们听了,愤愤不平。要求当面辩论,以正视听。

狼说:"我们是肉食动物,肉是我们赖以生存的唯一选择。不然,我们就会饿死。而你们是杂食动物……"

"什么?我们是动物?我们怎么能和动物相提并论!"

"恕我直言,其实我们之间并没有本质差别。好,不争论这个问题。你们是杂食的,在食物的选择上大有余地,完全可以吃粮食、蔬菜、瓜果。我们吃肉是活命的需要,你们吃肉是享受的奢求。你们说我们小到鼹鼠大到黄牛都吃。那么,你们呢?小到蚂蚁、蝎子、蝉都尊为美味佳肴,大到鲸鱼、大象无不上了餐桌。连乌龟坚硬的外壳也保不住他脆弱的肉身。

"我们是茹毛饮血。绝不像你们那样,杀了他们还不罢休,还要切成丝儿,剁成末儿,粉身碎尸。接着煎、炒、烹、炸、烧、烤、炖、煮、熬、烩、炝、溜、氽、扒、蒸,让他们受尽各种酷刑,查查你们的词典吧,还有多少这种残忍的词汇!你们还要敲骨吸髓,吃什么鱼肝油,熬什么骨头汤。羊眼、猪耳朵、猪蹄、猪尾巴、熊掌、鸭蹼、鸡爪子,你们从头吃到脚。连肋骨、牛尾骨缝里的那点肉也要剔光。吃了我们的五脏六腑还不算,还要炸肉皮、做肉皮冻、熬驴皮阿胶,从里到外,一点不剩。家养的吃腻了,还要吃山珍野味。死的不好吃,要吃鲜活的,螃蟹大虾活生生被放在开水里、油锅里煮、炸,疼得他们乱抓乱挠,翻身打滚。你们还在一旁拿别人的痛苦取乐,说是醉蟹醉虾。又说什么虎骨活血,狗肉发热,鸡血抗病,海马壮阳。为了你们自己的私欲,就不顾动物的死活,天天都有物种灭绝。

"你们对自己的孩子百般爱护,然而对我们襁褓之中的幼小生命却任意杀戮。什么烤乳猪、烧乳羊、童子鸡都是你们惨无人道的佐证。甚至连蚕蛹和没有破壳出生的雏鸡都被扼杀。为了你们的食欲,却让我们的幼儿夭折。残暴的刽子手!有什么人道可言,有什么资格指责我们!"

猎人恼羞成怒,大声呵斥:"够了,够了,少废话!我们是万物的主宰。说你不人道就是不人道。少对我们的事说三道四!"

狼反驳说:"我讲的是理!"

猎人冷笑着说:"理?"举起猎枪朝天"砰"地开了一枪,"听,这就是我们的声音!这就是我们的理!"

面对猎枪,狼无话可说。

丢掉影子的小偷

小偷到一家偷东西。主人发现了,一吆喝,邻居都出来一起追赶。小偷急中生智躲藏在一个墙角里。没想到月光下他的影子却投射到了墙角外面的地上,被人们发现抓住了,遭到一顿痛打,险些丢了性命。

他非常痛恨自己的影子,对着影子大骂:"我走到哪里,你跟到哪里!寸步不离,误了我的大事,差点让我丢了性命。从今以后,咱们一刀两断,不准再跟着我。"于是他就没有了影子。

一天,人们惊异地发现,小偷在太阳底下竟然没有影子,人指着他大喊:"鬼!鬼!鬼!"因为当时人们认为只有鬼才没有影子。不一会儿,人们拿着刀枪剑戟,念着符咒,驱赶邪魔来了。小偷再三表白自己,并说明丢掉影子的真相。越说人们越糊涂,世界上哪有丢影子的事!简直是天方夜谭,鬼话连篇,谁也不肯相信他。

小偷急急逃命,离开了家乡。从此以后,他到处躲避着阳光、月光、灯光,只能在黑暗中生活,真正成了一个不见天日的"鬼"。

和尚和神像

山上有座庙,庙里有尊神像,供奉神像的是一个老和尚。来庙里朝拜的善男信女络绎不绝,香火不衰,供品丰盛。老和尚吃穿无虞。

神像却是多年失修,烟熏火烤,面目黝黑,衣衫变色,斑驳陆离。神像多次请求和尚给他洗手净面,重绘纹彩。老和尚却舍不得花钱,不理不睬。神像也只好忍气吞声苦熬日子。

一天,神像实在忍受不了。警告老和尚:"如果再不答应我的要求,我就弃庙出走。没了我这尊神像,看还有谁来进香上供。没了这些衣食父母,看你怎么生活?"

"悉听尊便。"老和尚毫不在乎。

"好,那我就大白天当着众香客的面突然消失。让香客们知道这里再没神灵。"神像愤怒地说。

"这样更好!"老和尚喜形于色。

第二天,正当香客们对神像顶礼膜拜的时候,一转眼神像不见了。

人们目瞪口呆，一阵哗然，异口同声大喊：

"神显灵啦！神显灵啦！"个个五体投地，叩头不止。

神显灵的事一传十、十传百，数百里内都来朝拜。香烟缭绕，供品如山。

老和尚日进斗金，大发其财，日子比有神像时过得更加红火。

无奈的画家

一位很有事业心、很有发展前途的青年画家,创作了一幅题为《天空》的画:蓝天、白云、太阳。准备参加画展。

画稿完成,征求行家意见。

第一位批评家说:"正午的太阳?不好。盛极必衰,好景不长嘛,最好是画旭日东升。"

画家做了修改,把太阳画在了地平线上。

第二位批评家说:"大自然也和生活本身一样并不平静。你的画里一片升平景象,容易让人产生一种虚幻的安全感。"

青年画家立即动笔,在空白处涂上了乌云、闪电和箭一样射向大地的暴雨。

第三位批评家说:"画里为什么都是些没有生命的东西?死气沉沉。要知道天空也是充满生命活力的世界。"

青年画家思索片刻,就在画面上添了几只小鸟。又担心别人说"寒鸦数点"太过冷清,情调不够健康,便点画了成群的飞鸟,俨然如密密麻麻的苍蝇。

第四位批评家说:"没有黑夜的映衬怎能感到白昼的可贵,应当有对比。"

青年画家就在画的一角涂了一些黑块,象征被白昼驱走了的黑暗。

第五位批评家说:"这幅画的致命弱点是见物不见人,缺少人和自然和谐的内涵。"

青年画家蒙了。天上又不能开山治水,起楼架桥,怎么体现这种和谐?苦思冥想之后,豁然开朗。在画上毫不犹豫地涂上了飞机、卫星、飞船、气球,甚至不明飞行物……

大作完成,送到展览馆。负责人一看,皱皱眉头质疑道:"难道天空就这么小,这么拥挤吗?"

青年画家哑然。画稿终于落选。

画家不甘心失败。回到画室,灵机一动,顺手拿过一张豁豁牙牙、皱皱巴巴的白纸,在下面只写了一个标题:《无物无色的天空一角》,用英文署了个假名。送给了展览馆,结果顺利入选,最后拿了大奖。

前面五位批评家,纷纷发表评论,赞扬他构思奇特,给欣赏者以充分想象的空间,用纸也是独具匠心,大有深意。并联合宣布:一种新的画派产生了,是绘画艺术一次划时代的具有里程碑意义的革命。各博物馆争相高价收藏。

青年画家名声大震,但他却伤透了心,从此弃笔改行。

明星的签名

一位流行歌曲明星大红大紫,每次演唱会后,签名者蜂拥而至。为应付歌迷,就随便画上两笔,既非汉字,也非外文,天书难辨。

媒体评其书法云:"王羲之不敢望其项背,欧、颜、柳、赵不在话下,有张旭的癫狂,有怀素的潇洒。"但是不管正看、侧看、倒着看和明星的名字也不搭界。于是又有权威指出:"明星书法:汉字神韵,外文风格;看似签名,却又难以一目了然,妙在似与不似之间。"

记者采访明星书法师承何人。明星实话实说:"师承麻雀。"记者愕然。明星说明原委:"这是真话。我小学文化,一笔一画都写不成样儿,哪里会什么草书?有一天,歌迷要我签名,一时难倒了我。一笔一画凑吧,太慢,太难看,有失潇洒。这时候,吧嗒一声,手上落下一点麻雀屎,形状像卷曲的昆虫。于是,我就依样画葫芦,作为签名画了下来。从此以后,成了固定格式。"

第二天,各家媒体纷纷赞扬,明星不但书法有成,而且谦虚幽默,巧妙地回避了记者提问。书法究竟师承何人仍然是一个谜团。

第三天,明星通过经纪人郑重声明,麻雀为师,绝非戏言。如此签名,是对广大歌迷的极不尊重,深表歉意。

第四天,各大媒体盛赞明星用正式声明的形式,亦庄亦谐地又幽了一默。不但是歌唱明星,也是幽默大师。

明星的实话无人相信,他只好谢绝采访,一言不发。免得一字一句让人琢磨。

不久,媒体又赞扬明星深明沉默是金之道。正蓄势待发,准备再次一鸣惊人。

多少年后,明星去世。歌迷为他立碑纪念。碑上镌刻鸟粪式签名,多有拓碑作帖临摹者。

陷于盲目崇拜,就会变得愚蠢可笑。

锁子保树

从前,一个农民在院子里种了一片树苗。他希望树长成了能卖些钱。

他有一个三岁的儿子,非常调皮。农民和妻子每天要到地里干活,他担心儿子毁树苗,就把他锁在屋子里。

妻子说:"你什么时候才能让孩子自由呢?"

农民说:"等树长高了,长粗了,儿子拔不动,折不断了,就让他出来。"

四年以后,树长高了,长粗了。农民把儿子放出来了。

可是儿子不跟人说话,看见车、马、牛、羊吓得要哭。送他去上学,学校人太多,不敢去。

每天吃完早饭他就回到屋子里,等着爸爸锁门。

树长高长粗了,卖了不少钱,可是钱都给儿子看病用了。

结果是保了树苗,害了儿子。

一个亲戚来看他。农民把关儿子保树苗的事讲了,后悔不已。亲戚说:"你用篱笆把树苗围起来,不就行了吗?"

农民一下子明白了:"哎呀,我怎么就没想到呢!"

一个烧饼

过去有一个人,家里很穷。他只好和儿子一起出外打工。

路上天气很热,又饥又渴。

因为没有钱,两人只能买一个烧饼。

俩人坐在树下休息。烧饼放在地上的一片树叶上。

爸爸说:"儿子,我比你年纪大,什么东西都吃过,我吃的东西比你见的还多。干活挣钱主要靠你,你的身体一定要好,不能饿肚子,快把烧饼吃了。"

儿子说:"不,爸爸,我比你年轻,以后吃烧饼的机会多得很。你年纪大了,更应该保重身体。"

爸爸说:"老人应该爱护孩子,你是我们家庭的希望,将来全家都依靠你呢。把烧饼吃了。"

儿子不同意爸爸的意见:"爸爸,你为了我们这个家,吃了很多苦,一辈子省吃俭用。儿子应该敬爱老人。我身体好,一天不吃饭没问题。你老了,身体差,应该加强营养,烧饼应该你吃。"

爸爸又讲了很多故事,都是父母爱护孩子的。儿子也讲了很多故事，都是儿子孝敬父母的。

两人讨论了半天，最后决定：一人吃半个。

可是往地上一看，烧饼上爬满了黑压压的蚂蚁，烧饼已经成了粉末。

说真话的骗子

卖眼药的在集市上一声声地叫卖着:"辣椒石灰面子眼药,点一个瞎一个,点两只瞎一双。"

奇怪的吆喝,引起大家的好奇:卖瓜的不说瓜苦,这家伙却自毁招牌,真是个怪人。

有个聪明人提醒大家:"这是正话反说,故弄玄虚,幽了一默,我敢说眼药肯定错不了。"

于是眼病患者蜂拥而上,争相购买。卖眼药的发了一笔小财。

几天后,用过眼药的人,个个病情加重,甚至瞎了眼睛。人们纷纷找卖眼药的兴师问罪。

卖眼药的却有恃无恐地说:

"我早就有言在先,不是一再向你们提出过忠告:辣椒石灰面子眼药,点一个瞎一个,点两只瞎一双。"

"我们以为你是故意开玩笑呢。"大家异口同声地说。

卖药的打断了大家的议论,一本正经,严肃地说:"行医卖药最看重的就是诚信,童叟无欺,货真价实。我就是实话实说,你们偏偏不信,怪谁?"

买眼药的人们哑口无言。

小偷的自白

小偷在集市上大声喊:"小偷来了,小偷来了,我是神偷,看好你的钱包啊。"

赶集的人哈哈大笑:"这家伙是疯子,还是傻瓜?还挺幽默。"

他不断地在人群中挤来挤去:"小偷来了,小偷来了,看好你的钱包。"开始人们觉得好笑,时间长了,谁也不理睬他,更不会防备他。

等到散了集,人们回到家,不少人发现自己的钱包真的丢了。

画蛇成龙

自从"画蛇添足"事件发生之后,那位画蛇添足的人终日悔恨自己一时糊涂,为蛇添足,不但没能喝上那壶酒,后来还成了人们讥讽的对象。

一天,他看到报纸上刊出一条信息:全国龙的起源研讨会即将召开。心中暗喜,机会来了,立即申请参加。

会上,对于"龙"这种世界上并不存在的动物,在中国起源于何时,学者各执己见,莫衷一是。

最后轮到画蛇添足者发言了,他说:"各位,大家的意见都有一定的道理,但遗憾的是都错了。龙这个形象就是敝人创造的。"会场内一阵哗然。

画蛇添足者继续说:"大家该不会忘记吧,中国历史上曾举办过一次华夏画蛇大赛,谁先画完就奖励一杯酒给他。众所周知我是第一个画完的,那杯酒理所当然应该属于我。可是当我正给蛇添几只脚的时候,却让另外一个人把酒夺去了。理由是蛇根本没有脚,责问我为什么给蛇加上脚。这就是大家都知道的'画蛇添足'的故事。

"今天我要跟诸位郑重说明的是，难道蛇没脚这点常识我都没有吗？难道我就是为了那杯酒，才去参加比赛的吗？

"对我来说，醉翁之意不在酒。我的本意是想创造一种新的动物形象——龙，这才凭空给蛇添了几只脚，希望利用那次盛会，扩大造龙的影响。却万万没有想到长期被人误解，成了人们讥笑的对象。画蛇添足成了蠢人多此一举，费力不讨好的代名词。完全歪曲了我画蛇添足的本意，千百年来蒙受着不白之冤。现在我必须说明事实真相，以正视听。"

画蛇添足者的现身说法使学者们茅塞顿开，龙的起源这一历史悬案，迎刃而解。与会者一致决定为他平反昭雪，宣布这是一桩划时代科研成果，画蛇添足者一变而为龙学泰斗。

假盲人张三

张三是个游手好闲的无赖,他发现人们对盲人比较宽容、同情。突发奇想,他要假扮成一个盲人。

一天他突然宣布自己失明了。村上卖瓦盆的得罪了他,他就故意把人家的车子撞倒,瓦盆摔碎一地。他对谁不满意,就到地里践踏人家的庄稼,说是看不见路。因为他是"盲人",拿他没有办法。他是"盲人",人们干的一些见不得人的事自然都不回避他。于是他掌握了不少人的隐私。他"失明"了,所以妻子只好担当起一切农活和家务。他却手不提篮,肩不挑担,享起了清福,整天沾沾自喜,很是得意。

令张三万万没有想到的是,妻子居然当着他的面跟情人约会。鸡鸭鱼肉留给情人享用,粗茶淡饭留给他。这一切张三都看得一清二楚,肺都气炸了,可是他是"盲人",只好打掉门牙往肚里咽,装聋作哑。

如果说明自己这个盲人是假的,那些在他面前暴露过隐私的人还不揍死他!不说吧,妻子的作为实在让他无法忍受。后来,他就这样窝囊死了。戴着假面具的人会自食其果。

"夜盲症"患者智戏小偷

夜里偷鸡贼到一户人家偷鸡,鸡舍里一阵骚动。女主人告诉丈夫黄鼠狼偷鸡了,让丈夫快出去看看。

丈夫听声音知道不是黄鼠狼。他悄悄对妻子说:"有人偷鸡!"接着故意提高了嗓门说:"你还不知道,我有夜盲症,一到晚上什么也看不见,出去有什么用?"妻子说:"看不见,喊几声,吓吓黄鼠狼也好啊。"

偷鸡贼一听男主人有夜盲症,心想:先躲一躲,等他回屋了,再继续干。

男主人打开屋门出来,一眼就看见小偷蹲在狭窄的墙犄角里。他假装着吆喝了几声,"确信"已经把"黄鼠狼"吓跑了,就自言自语地说"方便方便",一转身对着墙犄角的小偷就撒起尿来。偷鸡贼出也出不来,动也不敢动,只好承受着一头臊水。然后男主人从从容容地回屋睡觉。

偷鸡贼顶着一头臊水,再也没心思偷鸡了。

惩治恶人,不一定剑拔弩张。

猎人之"爱"

小野兔的哥哥被猎人捉住了。小野兔很伤心,不听悲痛欲绝的妈妈的劝告,悄悄地尾随着猎人,想看看他怎么处置哥哥。

天黑了,他偷偷从门缝里向屋里张望,猎人一家正在灯下说笑玩耍,充满了欢乐和温暖。猎人抱起心爱的儿子,亲吻着:"乖儿子,爸爸给你烧兔肉吃,好不好?"

小野兔看到猎人对孩子那么有爱心。心想:我为什么不能用伤心的哭泣来求得他的同情,放了我哥哥呢?于是他就在猎人的门外撕心裂肺地哭起来。

小野兔的哭声惊动了耳朵灵敏的猎人。他拿起猎枪,走到门口,发现了小野兔,兴奋地说:"呵,又送上门来一只。好儿子,正好一块红烧了给你吃。"

这时候兔妈妈赶来了,大喊一声:"孩子,快跑!"

小野兔只听震耳欲聋的一声枪响,吓得魂飞魄散,拔腿逃命,最后总算脱险。他疑惑不解,问妈妈:"猎人为什么要捉哥哥,为什么还要杀死我?"

妈妈说:"因为猎人疼爱他的孩子啊。"

小野兔迷惘地说:"难道猎人不知道您也疼爱自己的孩子吗?"

自行车的故事

艾彻买了一辆名牌自行车,担心丢失,加锁三道。下班回来,就找一处极其隐蔽的地方存放。但是,当天夜里就丢了。

后来,他又买了一辆新的高级自行车。一天到火车站接人,时间仓促,忙乱之中,自行车就扔在车水马龙的路边,而且忘了上锁。接了客人,打的回家,自行车的事早已忘在九霄云外。

几天以后,忽然记起,急忙到火车站去找,车却完好无损。艾彻自念万幸万幸。原来小偷认为没上锁的车子,主人肯定没走远,所以不敢染指。

找回车子,倍加爱护。再一次藏到一个秘密角落。不料第二天再次丢失。

大夫生病

有个大夫爱干净,很讲卫生。为了健康长寿,放下笤帚拿抹布,整天打扫房间、庭院,每次都累得筋疲力尽。天长日久,积劳成疾,一病不起。

子女劝她好好休息,为什么这样不要命地搞卫生?

她躺在病床上有气无力地说:"为了身体健康啊!"

易财用餐

易财当年腰缠万贯，出必宝马香车，住必饭店别墅，食必山珍海味。整日偎红依翠，呼童唤婢。

后来，一时经营不善，偌大一份家产，顷刻间冰化雪消，化为乌有。俊仆美女作鸟兽散。

事过境迁，出无车，食无鱼，然而多年养成的进餐习惯却无法改变。过去因为吃腻了珍禽异兽，所以每餐必备一些爽口的冷盘小菜，作为调剂。

如今，餐桌上早已不见八珍罗列，只剩下萝卜土豆一些小菜。但没有山珍海味的主打菜，这些过去只是作为调剂的小菜就难以下咽。

于是易财便做了很多假的生猛海鲜，摆满一桌，然后又像过去一样在边角处放上两碟萝卜土豆。他一看，立刻找到了往昔吃饭的感觉，胃口大开，将小菜吃个精光。

宰予成名

宰予在孔子门下多年，始终没引起老师的特别注意。且虽为名师之徒，而少为人知。心有不平，干脆大白天睡起觉来。

孔子发现了这一情况，就在大庭广众之下批评了他："朽木不可雕也，粪土之墙不可圬也。"

宰予不服，辩解说："白天睡觉，是因为我昨夜苦读睡得太晚。先生没有调查就没有发言权。再说，朽木虽然不可雕，但还可以烧火。粪土之墙还可以做肥料，各有各的用处。对我应该一分为二，不能一棍子打死。另外，这样说也违背您一贯倡导的'有教无类'的思想啊！"

大家这才发现原来师兄弟中还有宰予这么一个奇人。

一天，孔子给徒弟讲课，讲道："有朋自远方来，不亦乐乎？"

宰予马上站起来问："老师，难道有朋自邻舍来，先生就不乐乎了吗？如果从远方来的朋友已经堕落，先生也高兴吗？"

孔子一时语塞。众人对宰予更是刮目相看。

孔子讲道:"三人行必有我师焉。"

宰予又提出问题:"老师,这'三人行'语义含糊,三人中到底包括不包括您自己?如果说'与二人同行必有我师焉'就确切了。更重要的是,和您同行的两个人智商如何?如果是白痴怎么办?您也以他为师吗?我认为应该说:'与智者二人同行必有我师焉'更科学。"

孔子气得浑身颤抖。人们大吃一惊,对宰予莫知深浅,敬畏有加。

"批判"名人,炒作自己。胡说八道,大有成效。

焚书

有人听说:"书中自有黄金屋,书中自有颜如玉。"大喜过望,真是发财结婚的终南捷径。

此人虽目不识丁,却立即买来大量图书,一页一页仔细地找寻起来。然而,翻遍了买来的所有图书,始终没有发现黄金屋和颜如玉,连一幅设计图和画像都没找到。

后来,又听人说:"尽信书不如无书。"恍然大悟,于是又把书全部烧掉了。

买钻戒

甲让乙陪着自己到金店买钻戒，钻戒品种繁多，质量高下不一，价钱差别很大。甲挑了又挑，选了又选，对每只钻戒都爱不释手。连如何养护的知识都了解得一清二楚。几个小时过去了，甲还是拿不定主意，于是征求乙的意见："你看哪种好？"

乙说："你一共有多少钱？"

甲说："我一分钱都没有。"

"啊？没有钱你买什么钻戒！这不纯粹瞎捣乱吗！"

甲很认真地说："怎么这样说话！买钻戒需要六个条件：第一，喜欢，我是非常喜欢钻戒的；第二，购买的愿望，我购买的愿望是非常真诚、迫切的；第三，质量，我是很内行的；第四，养护知识，也是很清楚的；第五，挑选，你也看到了，我是异常认真，一丝不苟的。第六，钱，我就差这一条了。六个条件我已经具备了五个。可以说买钻戒我已经有了六分之五的把握，不就只差最后一个条件了吗？怎么能说是捣乱呢？"

后来甲经常到金店里转悠，买钻戒的前五个条件越来越成熟，就是最后一个条件始终不具备，所以钻戒到底也没买成。

　　关键条件不具备，一切理想是空想。

桃花源人的见闻

陶渊明写的桃花源里的遗民,一直过着与世隔绝的生活。

有一天,其中一人偶然走出大山。他惊奇地看到一列飞驰的火车,看到一艘缓缓行驶的轮船,看到一架正在起飞的飞机。

他回到山里,兴奋地讲起自己的见闻:"一条很长的动物在地上爬得非常快,还能曲折前进。发出呼呼哧哧的响声……"

人们打断他的话,不容置疑地做出了判断:"凡是身子很长,能在地上曲折爬行的肯定是蛇,不过是一条大一点的蛇,有什么大惊小怪的!"

出山人接着讲他的第二条见闻:"在水里有一个庞然大物,慢慢游动。它的外壳特别坚硬,我一箭射过去,箭立刻折为两段……"

不等他说完,人们急不可待地做出了明确的结论:"凡是身上包着坚硬的外壳,能在海面上游泳的肯定是龟,不过是一只大一点的龟。有什么大惊小怪的!"

出山人继续他的山外奇谈:"在一块空地上有一个大家伙,叫的声音很大。开始还在地上跑,不大一会儿,就离开地面飞了起来……"

人们已经听得不耐烦了,连忙截断他的话:"凡是会叫,能在天上飞的肯定是鸟,不过是一只大一点的鸟,有什么大惊小怪的!"

桃花源里的秦人以固有的知识解读了一切新鲜事物、所有的疑难。

因此,桃花源里至今仍是怡然自得地钻木取火,刀耕火种,结绳记事。

收稻留根

一位农夫种稻子,育秧、车水、插秧、锄草、收割,一年到头很辛苦。稻子熟了的时候,他突然有了新的主意。既然果树可以摘了果子留下树,明年再结果子。韭菜可以割了一茬又一茬。那么稻子为什么不能留下稻秆,明年再抽穗,这样会省我多少力气。

于是农夫就只把稻穗割下来,留下了稻秆。

春天到了,他既不育秧,更不插秧。一心只等待着旧秧抽新穗。

到了稻子收获的季节,邻居都获得了大丰收。他得到的却是去年留下的枯萎腐烂的稻秆。

智者算命

智者要算命先生给他卜一生休咎。算命先生说他这一辈子家财万贯，有享不尽的荣华富贵。智者说声谢谢，抽身就走。

算命的一把拉住："先生，您忘了给钱。"

智者说："等我家财万贯之后，定会加倍酬谢。现在我是一文莫名的穷光蛋。"

算命先生很生气："我给你费了半天口舌，你却骗我，不给钱。那我就实话告诉你吧，按你的命相，你不久会死！"

智者说："既然我不久会死，哪里还有什么将来的大福大贵，肯定你是骗我了。我怎么会给一个骗子酬金呢。如果你没骗我，我还没有过上家财万贯的日子，又怎么能不久就死呢？"

骗子张口结舌。骗子总会有破绽。

古代机器人的失误

在中国的古籍《列子》里记载着一个机器人的故事。

一个叫偃师的能工巧匠用木头、皮子制造了一个能歌善舞的机器人。偃师带他去见国王。国王非常欣赏,大加赞扬。招来宫中姬妾共同观赏机器人表演。

机器人飘飘然,忘乎所以。心想:我不但能歌善舞,而且和你们一样有七情六欲,今天要好好展示展示。希望得到国王更多的赞美。于是在展现他千变万化的才艺的同时,对国王身边的姬妾还暗送秋波,眉目传情。国王勃然大怒。

偃师害怕国王治罪,为了证明他确实是一个机器人,当场拆卸给国王看。机器人疼得撕心裂肺,后悔不该一味作秀。不一会儿,机器人又回到了过去,成了一堆一钱不值的胶漆粘合的碎皮子、废木头。

忘乎所以,灾难不远。

佛祖和魔鬼

佛祖慈眉善目,从来不给人找麻烦。魔鬼面目狰狞,使法作祟,人人害怕。

但是佛祖那里烟火冷落,参拜的、上供品的寥寥无几,佛祖整日饥肠辘辘。

魔鬼那里却是熙熙攘攘,烟火鼎盛,吃喝无虞。

佛祖心里纳闷:我整天为人谋福消灾,魔鬼千方百计祸害百姓,为什么我这里门可罗雀,他那里却门庭若市?

于是他化作百姓模样,问一位给魔鬼上香的老人,要探个究竟。

老人答道:"佛祖慈悲为怀,普度众生,即使不烧香,不送供品,也不会责怪你。魔鬼性情凶恶,不好好供奉,他就立即让你家破人亡,谁敢怠慢?"

佛祖恍然大悟:人们往往欺善怕恶,善良赢得尊敬,凶恶带来实惠。

滥竽充数续篇

南郭先生在齐宣王那里滥竽充数,混了几年饭吃。到了齐缗王的时候,要一个一个地给他演奏。南郭一看要露馅,连夜跑了。

过了一段饥寒交迫的日子。后来又找到一个演奏竽的乐队。乐队主人以商业演出发了财。于是他以曾经是王家乐队成员的煊赫名声,顺利地进入了乐队。在乐队里他一眼就发现了几个跟自己一样混饭吃的冒牌货。

让南郭大感不解的是,乐队里那些"滥竽"们比真正的演奏家更得宠,食宿条件也好得多。有一个"滥竽"仔向他传授了秘诀:对乐队老板多送礼,多吹捧。

南郭说:"人家真正会吹竽的人难道不会这样做吗?"

"滥竽"仔说:"这你就不懂了,人家有真本事,清高得很,不屑于此。咱们不是有特殊情况吗……"

有一天,不懂音乐的老板心血来潮,做了一首不成曲调不合律的曲子,要大家演奏。真正的乐师纷纷反对。这时候,只有南郭站起来,赞扬这首乐曲是"只应天上有,人间哪得闻"的天籁之声。老板非常高兴，知我者南郭也，立即大大提高了他的待遇，超过了所有的真正乐师。

结果，真正的乐师纷纷辞职而去。只有"滥竽"们紧抱饭碗，一日三餐，谁也不愿离开。曲子却是一首也演奏不来。

老板这才发现自己宠信的人，原来都是不学无术的酒囊饭袋。乐队只好解散，主人没有了丰厚的票房收入，"滥竽"也衣食无着。

一无所长的南郭终于明白了：自己要由真正的乐师养活的。

滥竽充数的南郭外传

齐宣王死后,儿子缗王要吹竽的人一个一个单独演奏。不会吹竽的南郭先生混不下去了,连夜逃走。

他是宫廷乐队的乐师,再加上自我炒作:

"齐王不能接受我独特的音乐理念,愤而辞职。"

一时间,名震遐迩,聘请者应接不暇。最后,被一家著名的吹竽乐队高价聘为顾问。

第一次给乐队指导,大厅内座无虚席,除乐队成员外,还有大批慕名而来的追星族,都想一睹皇家乐师的风采。

南郭先生在王家乐队混了几年,吹竽虽然一窍不通,皇家气派倒是修炼得像模像样。他正襟危坐,不苟言笑。在皇家乐队听来的只言片语,胡诌了半天。包括乐队老板在内,听众如入十里雾中,丈二和尚摸不着头脑。个个自惭形秽:今日才知道自己的音乐知识如此贫乏、陈旧。皇家乐队大师到底不同凡响,一席话,高深莫测,耐人琢磨。

南郭先生端着架子,只做理论指导,从来不做演奏示范。乐师们和老板也不好意思让这么一位名声显赫的大师屈尊为他们表演。也有人对大师产生过怀疑，但是皇家乐队的吓人头衔，化解了心中的问号。只能自责才疏学浅，岂能怀疑大师的最新理论。

如此这般滚雪球，名声越滚越大，甚至名动京师。齐缗王一听是南郭，就对群臣说："这不是皇家乐队的乐师吗？这样一个人才怎么就糊里糊涂地放走了呢！这是我们工作的失职啊。我不能遗贤草野，香车宝马快把他接回来。"

于是当年落荒而逃的南郭，今天却威风八面地回到了京城，被尊为竽乐大师，任命为皇家乐队首席艺术顾问。知道他"滥竽"底细的乐师心存疑窦，却不敢明言。因为国王已经钦定。

从此，南郭衣食无忧，享尽荣华富贵。谁也不知道这位竽界大师级的艺术家，一辈子连竽都没吹响过。

拍马屁

一只野马,性子暴烈。骑手想把它作为坐骑,就狠狠地用鞭子抽打。越打野马越是尥蹶子,又踢又咬,无法驯服。

一个年老的骑手对他说:"驯马靠鞭子不行,要靠柔软的手掌。你要投其所好,它喜欢让人给它挠痒,喜欢让你轻轻拍打它的屁股,让它如醉如痴。"

骑手半信半疑,但不妨试试。于是他每天给它梳理鬃毛,正好挠到它的痒处。不停地轻轻地拍打着它的屁股,"唷唷唷"地不停安抚着它,像是拍着孩子让其入睡。

一日复一日,野马渐渐变得温顺了。最后老老实实地让骑手骑了上去。

采药人的绳子

采药人在半山崖上发现一棵很大的灵芝。他高兴得手舞足蹈,能采到这棵灵芝,一生将衣食无忧。

他决定把腰里缠的绳子牢牢拴在一棵大树干上,从悬崖顶上,慢慢坠下去采灵芝。

儿子发现绳子用得太久了,磨损得厉害。让他买跟新绳子。采药人舍不得,说:"灵芝还没采到呢,哪能先花一笔买绳子的钱!"

于是他就用磨损的旧绳子,绑在腰里,下去采灵芝。从山顶上往下降了一会儿,绳子突然断了。采药人坠下山崖,粉身碎骨。

结果省了绳子钱,丢了灵芝草,性命也不保。

烤鸭和大葱

她在城市工作，买了房子，有了汽车。

她把爸爸妈妈从农村接来，跟她一块居住。爸爸妈妈为了让她上学，一直在农村劳动，吃了不少苦。现在她要让两位老人享享福。

可是来了没几天，他们觉得城市里东西太贵菜不香，汽车太多闹得慌，一心要回农村去。

于是她请爸爸妈妈到一家大饭店吃烤鸭。

烤鸭是中国很有名的菜，又香又嫩，吃的时候，要配上大葱、甜酱。爸爸妈妈在农村没吃过，今天，一定让两位老人好好吃一顿。

吃完了，她问妈妈："妈，烤鸭吃得怎么样？"

老太太高兴得合不上嘴："好，好，大葱和酱真不错！"

爸爸竖起大拇指说："是，是，大葱好，跟农村的味道一样，甜酱也不错。"

她听了爸爸妈妈的话哭笑不得。

饭店的失误

一家饭店开张大喜,请来各地美食家,品尝美味佳肴。并请来很多记者采访,希望广为宣传,扩大影响。饭后,经理请美食家们评点。

四川美食家说:"不够辣!"

江浙美食家说:"不够甜!"

山东美食家说:"不够咸!"

山西美食家说:"不够酸!"

东北美食家说:"不够香!"

广东美食家说:"不够鲜!"

第二天美食家的评论都上了报。

结果这家辣得顾客冒汗,甜得顾客反酸,咸得顾客喝水,酸得顾客倒牙,香得顾客腻味,鲜得顾客厌腥的饭店不得不关门大吉。

泼妇"自杀"

一个泼妇,好吃懒做,放刁撒野,闹得鸡犬不宁。整天扬言自杀,寻死觅活要跳河,吓得丈夫成年累月小心翼翼地服侍,稍有差错,泼妇就砸锅摔碗。丈夫怕她自杀,只好忍气吞声。

邻居实在看不下去,就对他说:"她再说要自杀,你就让她去,不要阻拦。"

"那怎么行?不管怎么说,她毕竟是我的妻子啊。"

"我们观察很长时间了,她根本不会自杀,那只是辖制你的手段。你不妨试一试,她果真要自杀,再劝阻也不迟。"

一天,泼妇又找碴撒野,又哭又闹,说要跳河。

丈夫壮了壮胆说:"去,去,我看你早就该跳河了。"

泼妇被丈夫前所未有的勇气惊呆了。心想这小子吃了豹子胆。今个要拿不住他,这家里就要改朝换代。我还真要试试他的胆量。于是下下狠心说:"好,我这就去死给你看!"

于是就哭着喊着走出了家门。街上两旁都是看热闹的人,谁也不去劝阻,甚至还有人打趣说:"河水上涨了,正是投河的好时机。"

她哭喊着："你们谁也不要拦我,谁也不要劝我。"眼神里却充满着期待。

泼妇走到村外的河边,坐在岸上呼天抢地地哭了半天,也没见有人来,无奈又往村里走。

邻居们问她："不是要跳河吗?怎么又回来啦?"

泼妇吞吞吐吐地说："太渴了,先回去喝杯水。"

从此泼妇再也不寻死觅活了。

对付刁蛮,不可一味地退让。

开门揖盗

钱广生活富裕，人丁少；孙窘日子艰难，人口旺。两家是邻居。孙窘经常偷钱广家的东西。钱广不敢得罪邻居，只好忍气吞声，丢财免灾。

一天夜里，贫穷的邻居又光顾钱广家，翻墙而入。

钱广听到了，披衣而起，打开屋门，热情地欢迎说："老邻居，欢迎欢迎。我早听见你翻墙的声音了。我这个人睡觉轻，有一点风吹草动我都听得见。前几次有人到我家偷东西，其实我都知道。只是不好意思当面抓他，都是本乡本土的，多难堪啊。您喊我一声，打开门，多省事。何必这样费力呢。"

孙窘一下子惊呆了，镇定下来后，顺水推舟说："时间……太晚了……不想……惊动……您，就自己……跳墙了……想用……用您家的……扫帚……明天……再还您……"

孙窘支支吾吾地应对着，又想快点脱身，就说："对不起，天太晚了，不打扰了。"

"慢着慢着,您不是用扫帚吗?拿去,拿去。"说着钱广把扫帚递到孙窘手里。

孙窘涨红着脸,接过扫帚,匆匆离开。

从此,钱广家再没丢过东西。

靠"文庙"牌子赚钱

文庙是祭奉圣人孔子的地方。古代学生入学,要先到这里祭拜孔子,纪念这位教育家。也就象征着投在孔子门下,成了圣人门生。

有人看中了文庙这块可以利用的牌子,就在这里开办了一所"文庙大学"。声言自春秋至今已有数千年历史,并追封孔子为第一任校长。

学校与时俱进,一改过去孔子只收几条干肉的惯例,学费之高,令人咋舌。然而,慕名而来的学生仍然挤破门槛。学校以交费多少为录取标准,多者入学,少者淘汰。结果,富有而品行不端者弹冠相庆,纷纷入学。

社会就此提出批评,校长回答:"我们孔校长的办学方针就是四个字:有教无类。所以孔子弟子三千,贩夫走卒,无所不有。我们现在是不管什么人只要有钱就能上学,不正是贯彻了老校长的办学方针吗?"

张乙幽默拒盗

夜里小偷到张乙屋里偷东西。张乙听到门闩有些响动。他年老体弱,如果出去抓小偷,肯定不是小偷的对手,还可能受到伤害。于是他就悄悄起来,急忙走到门后。

这时候小偷正用一把单刀在两扇门之间的缝隙中拨动门闩。张乙的屋子两扇门,上下横插着两道门闩。小偷慢慢拨开了上面的门闩,推推门没推开。他就知道还有一道门闩,于是又找到了下面的门闩,开始拨起来。

当他专心致志拨下面门闩的时候,张乙轻轻地又把上面的门闩插上了。

小偷拨开了下面的门闩,又推了推,门仍然推不开。小偷怀疑是不是上面门闩没有拨彻底,于是又重新拨上面的。

这时候张乙又神不知鬼不觉地把下面的门闩插上了。

小偷第二次拨完了上面的门闩,又慢慢地推推门,还是推不开。从手感上他觉得是下面的门闩还没有完全拨开。

于是他又第二次拨下面的门闩。这时候张乙又把上面的门闩插上了。

小偷最后坚信一对门闩都彻底拨开了。再去推门，依然纹丝不动。他非常纳闷，站在门前，不觉小声自言自语说："唉，我觉得我都拨开了呀？"

张乙对着门缝，在里面答道："唉，我觉得我都插上了呀？"

小偷大吃一惊，接着嘿嘿一笑，撒腿就跑。张乙在屋里哈哈大笑。门都没开，接着睡觉。弱者的智慧可以化解危险。

英雄和他的雕像

英雄受到人们的崇拜，于是给他树了一尊雕像。骑马仗剑，威风凛凛。

英雄走到哪里都是鲜花、拥抱、欢呼，他是男儿效法的楷模，女人爱慕的对象。

雕像虽然也曾偶尔得到过几束鲜花，剪彩的时候也曾披红挂绿。时间一长，台前冷落车马稀。有的人甚至不知道他是谁，雕像倍感凄凉。不免对英雄产生酸溜溜的醋意：你到处风驰电往地做报告，风光无限，享尽人间荣耀，却让我在这里风吹雨打地给你做广告。一个姿势挺着，眼睛不能眨，胳臂不能放，坐骑寸步不能移。这是什么日子！

后来，英雄死了。雕像非常高兴，没有了他，我就是人们唯一膜拜的对象。但是人们又有了新的崇拜，新的英雄。死去的英雄渐渐被淡忘了，雕像在人们眼中也仅仅是一块加过工的石头。

麻雀，耳朵里做窝；乌鸦，头顶上拉屎，谁也不替他洗刷。日晒雨淋，雕像慢慢剥落，他感到疼痛难忍。原来夜晚还有几束灯光照射着他,如今这点光亮也熄灭了,他更感到黑夜的孤独凄凉。

这时候他才明白:他的荣耀是离不开英雄的。

"聪明"的文物鉴定家

文物鉴定家带着儿子到古玩市场淘宝,看到一只明朝宫廷的大花瓶,摊主要价不菲。专家拿着放大镜左看右看:"这是赝品,一钱不值,应当立即砸碎,以免坑害后人。"

摊主说:"假的就按假的卖,便宜点还不行吗?"摊主一下子从三十万杀价到一百五十元。

专家不依不饶:"一百五十元?五十元都不值。不是多少钱的问题。卖假货就违法!"

摊主害怕了:"五十元就五十元,行了吧!"

"假的我一分钱都不要!"

专家的儿子一旁搭话了:"这位老爷子,您不要我要,五十元元多便宜啊。"

"这可是假货。"

"我知道,真货能这价钱?假的当真的看呗!"

专家的儿子掏出五十元块钱把花瓶拿走了。

五十元买了一件明代宫廷瓷花瓶,专家随后也乐滋滋地离开了古玩市场。

杞人子孙的余悸

据说某地,天上落下来的一块陨石砸死了人。消息传到了杞人子孙的耳朵里,他整天忧心忡忡:天有不测风云,人有旦夕祸福,说不定哪天再落下一块石头,又正好打在我的头上,可就糟了。晚上看见流星,更是心惊肉跳。听人说,这就是陨石划过夜空时与空气摩擦产生的光,可见落到地面上,是可以置人于死地的。啊,多么可怕的日子啊!

从此以后,他连屋门也很少出了。躺在床上,越想越可怕,就用被子把头蒙起来,像是筑起了一道铜墙铁壁。万不得已需要出门的时候,不管白天黑夜,晴天雨天,总是要撑起一把伞。尽管如此,还是不放心,走路的时候总要昂首观天,希望尽早发现空中飞来的陨石,及时躲避突如其来的灾难。

他战战兢兢活了几十年,用破了几把伞,可是一辈子连黄豆大的陨石也没看见过。倒是有一次只顾仰头观望天象,防备陨石了,未留心脚下的路,一块突出来的小石块,一下子把他绊倒了,栽到了一个坑里,撞得头破血流,腿也断了,成了终生残废。

伐树摘果

好大一棵柿子树！浓荫遮天，枝叶垂地，像一把张开的大伞，一阵秋风一阵凉，严霜降了，树叶落了，柿子熟了，柿子树上像挂满了一串串的红灯笼。

一天，爸爸和儿子来收柿子。柿子结得像葡萄那样密密麻麻，摘了半天，两个人才摘完了一股枝杈。爸爸站在地上摘，仰着脸，脖子累得发酸。儿子爬到树上，猫着腰，后背累得生疼。有的柿子像是要逃避人们摘取它，故意挂在细细的树梢上，放弃它吧，个大肉肥，实在可惜，摘下来吧，又费力气又危险。爸爸有点不耐烦了。儿子想：怎么才能摘得更快些呢？他灵机一动，脸上掠过一丝笑影，匆匆回到家里，拿来了一把锋利的锯子。

不一会儿，父子俩就把柿子树拦腰锯断了。这一下子可好了，父子二人舒舒服服地就把柿子摘完了。再看看周围几家邻居，一个个汗流浃背，还爬在树上摘呢。

儿子指着邻居对爸爸说："看，这帮笨蛋！这点窍门都想不到。"爸爸挖苦说："这些人，不知道长个葫芦脑袋干什么用的！"父子俩不禁哈哈大笑起来。

第二年，又是霜降柿子红的时节，邻居们又都去摘柿子。可是这对聪明的父子收到的却是一堆干柴。

耗子成"仙"

村子附近有一座荒废了的寺院,里面有一座快要坍塌的楼房。

每天晚上人们都会听到楼梯"咚咚咚"地响,像是有人一步步走下楼来。拂晓的时候,"咚咚咚"又像是有人回到楼上去。有些大胆的人俯到窗棂上向里一看,黑咕隆咚并不见人的影子。

那时候人还迷信。一传十,十传百,全村盛传寺院里闹鬼。后来,越传越离奇,说有人看见一群大仙在庙堂里大摆宴席,笑语喧喧,仙乐悠扬,非常热闹。一时搞得人心惶惶。

村里有一个不信邪的铁匠。一天,太阳衔西山的时候,他带着蜡烛和火种悄悄地躲在了楼梯后面。

夜幕越来越浓,万籁无声,只是风吹窗纸沙沙作响。铁匠点着了蜡烛,用一个小铁筒儿把它罩上。

突然,"咚咚咚"有"人"沿着楼梯走下来。等最后一级楼梯响过之后,铁匠立即从楼梯后面钻了出来,一步跨过去,把守住了楼梯口,拿下蜡烛上的铁筒儿。他四处照了照，看了看，什么也没发现。除了纵横交错的蜘蛛网以外，整个楼房空荡荡的。

就在这时候，楼梯又"咚咚咚"响起来。铁匠急忙低头一看，发现一只大耗子，尾巴上拖着一个坚硬的泥球，正沿着楼梯没命地向上跳。泥球不断地敲打着楼梯，发出了一连串的响声。

谜底揭穿了：原来耗子在楼上安了家，晚上下楼找寻食物，早晨又回到楼上去，于是人们一早一晚就会听到"大仙"下楼上楼的"脚步声"。

铁匠抄了耗子的老窝，从此，"大仙"也就绝迹了。

铁匠为了告诫村民，在寺庙门上写了几句打油诗：

耳闻是仙人，眼见为耗子。
耳朵欺骗你，眼睛得真知。
不进寺院门，哪能揭谜底。

善于判断的老头儿

有一个老头有两个儿子。

一天清早,老头给两个儿子每人一把斧头,让他们去砍柴。老大上了南山,老二上了北山。

太阳落山了,老二回来了,肩挑两捆柴,扁担压得像张弓。要爸爸快给他吃饭,因为连夜还要把剩下的木柴挑回来。

不一会儿,哥哥拿着绳子、扁担和斧头,懒洋洋地也回来了。他一屁股坐在石凳上,气喘吁吁地说:"可把我累垮了,木柴砍得填满了山谷,实在没有力气往家挑了。"

老头没说话。

饭后,他让两个儿子都伸开了手掌看了看,又翻开他们的衣领瞧了瞧,最后把两把斧子端详了一下,然后对老大说:"好吧,你既然累得这个样子,就分给你一点轻活干:把你弟弟砍的没挑完的木柴运回来,让你弟弟把你砍的漫山遍野的木柴挑回来。"

老二到南山一看,一根柴棒也没有,空着手回来了,老头让他去睡觉。

老大到北山一看，惊得舌头都缩不回去了。一堆堆木柴、茅草、荆条像一座座小山。他挑了一趟又一趟，鞋底磨穿了，肩膀压肿了，肚子饿瘪了，整整干了一夜。

天亮了，老大知道事情露了馅，就去找老头认错。

老头说："昨天晚上回来的时候，你的手掌平滑滋润，说明你根本没摸过斧头；你的衣领干干净净，证明你从来没流过一滴汗水；你的斧头像早晨刚磨过一样锋利，可见一天没砍过木头。我早就知道你的话是撒谎吹牛。不过，你运了一天木柴，已经弥补了你白天的懒惰，你弟弟白天砍柴，你夜里干活，你白天休息，你弟弟夜里睡觉，劳动相等。我对待两个儿子是公平的，谁也别想做懒汉。"

见异思迁的猎人

一个猎人去打猎。他发现了一只野兔,于是就纵马奔驰,追赶起来。追着、追着,突然从树林里跑出来一只野山羊。他想:山羊比兔子大多了,我何必死追兔子。他决定放弃野兔,去追猎野山羊。

追赶了很长时间,当猎人正要举枪射击的时候,却惊动了一只雄麝。猎人真是喜出望外:我今天交了什么好运!雄麝可比野山羊名贵多了。麝香是贵重的药材,能卖大价钱,我要发财了。他改变了主意,放走了野山羊,拼命追起雄麝来。

雄麝非常灵巧,穿林过涧,跑得飞快。猎人的马一连追赶三个猎物,已经筋疲力尽,大口大口喘着粗气,奔跑得越来越慢了。猎人尽管用力抽打、吆喝着自己的坐骑,可是和麝的距离却越拉越远了。

眼看着没有什么希望了。猎人有点后悔。这时又出现了一只兔子。既然抓不到野山羊和雄麝,那还是去打兔子吧!但是马却再也跑不动了,没有走多远,一个趔趄就摔倒在地，全身抽摘、颤抖，口里吐着白沫，翻翻眼睛，脖子一伸就死去了。

猎人跑了半天，最后仍然是两手空空，反倒赔上了一匹骏马。

耍嘴的巫婆

集市上有个巫婆,喋喋不休地夸口:她能点石成金,让砂子变白米,土块变馒头。只要学会她的经咒,吃穿就不用发愁。

她唾沫四溅,拍着胸口对天发誓,吹得天花乱坠,招来了一些人围观。

有个老农也挤到前面来听新鲜。他问巫婆能不能收他做个徒弟。

巫婆看了看他,认为他粗手大脚,诚实可欺,就满口应承下来:"行,当然行。只要跟我学会了经咒,手脚不用动一动,金银堆成山,绸缎任你穿。不过……"接着就俯耳对老农说:"你看天近中午,师傅只顾得传经布道了,还没顾得上吃饭呢。江湖上的规矩,你也清楚,拜师傅总要表点心意呀……"

话没落地,老农就接上说:"这个容易。"于是就在地上捡了几个土块放到巫婆面前说:"师傅,请吧!这就是我给您准备的午饭——白馒头。"

接着又搬来了一块大石头说:"收下吧,徒弟的一点心意——白银三百两。"

巫婆目瞪口呆,脸色马上变了:"你跟老娘开什么玩笑!"

老农却一本正经地说:"师傅,念念你的经咒,土块不就成了馒头,石头不就成了金银了吗?让徒弟开开眼界吧!"

巫婆一张胡桃脸一下子红到了耳根。人们哄然大笑起来,上前抓住她,把土块塞进嘴里。大家叫喊着:"师傅,吃馒头!师傅,念经咒!"又把石头、瓦片装满了她的褡裢,喊着:"来,驮上你的金银山!"

巫婆吓得面色如土,嘴里含着土块,身上背着石头,从人缝中钻出来,一溜烟跑掉了。

老农站起来对大家说:"我们每个人都能把土块变成馒头,但要通过春播、夏锄、秋收的劳动;石头也能变成金银,但要放到炉子里千锤百炼。把土块、石头变成财富,靠的不是两片嘴,而是两只长满老茧的手。"

保鱼丢米

从前,有一个贫苦的渔夫,每天起早贪黑,风里来雨里去在大海里捕鱼。

附近有几只可恶的猫,总是趁他出海的时候,偷偷溜进来,把他打来的鱼吃得一干二净。没有了鱼就换不到米,所以老渔夫经常饿肚子。

一天,打来的鱼又让猫吃光了。渔夫坐在门口,对着蔚蓝色的大海正在发愁。这时候走来了一只狗。他摇了摇尾巴,对渔夫拱了拱手说:"可怜的老头,你为什么这样愁眉不展呢?"

渔夫把自己的不幸告诉了他。

"哎呀,实在太让人同情啊!猫,这东西也太狠毒了,怎么能欺侮一个孤苦伶仃的老人呢!这样吧,猫是我的天敌,他最怕我了,让我给你看守门户吧!"狗装出了一副悲天悯人的面孔。

渔夫高兴得脸上像朵花,连连感激地说:"太好了,太好了。我一个人顾得上打鱼,顾不上看家。蹲在家里又挣不到饭吃,有您帮助我,我就放心了。哪里去找像您这样慷慨助人的君子呢?"

老渔夫下海去了,晚上满载而归。

第二天一大早,渔夫把鱼收拾好,把狗也喂饱了,又撑船出海了。

黄昏的时候,渔夫回到了家里。狗躺在门口呼呼呼地睡得正香。到屋里一看,筐里昨天打的鱼一条也没丢。他对狗真是感激不尽。

他走到灶前,打开锅,准备吃饭。奇怪,怎么锅里连一粒米也没有?早晨剩的米饭记得清清楚楚是放在锅里的呀。

渔夫很纳闷,走到门口,轻轻推醒了狗:"喂,先生,我锅里的米饭哪儿去了?"

狗睡眼惺忪,懒洋洋地说:"让我吃了。"

"你怎么把我的饭全吃光了?!"老渔夫有点恼火。

狗理直气壮地说:"老家伙,要知道我是守护你的鱼,不是守护你的饭。"

老渔夫气得直翻眼睛,连连叹息着:"唉,我真糊涂!保住了换米用的鱼,却丢了用鱼换来的米,赶走了偷吃鱼的猫,却请来了偷吃饭的狗。唉,我这是何苦。"

老渔夫一气之下,抄起棍子又把狗打跑了。然后,他亲自动手整修了门户,猫和狗都进不来了。从此以后,鱼也有了,米也有了。

王五儿子的死

王五的儿子上小学,跟同学打扑克,赢了不少钱。老师找家长谈话。王五却对儿子的聪明好学大加赞扬:"这小子脑子灵,每天在旁边看我打麻将,支了不少好招。有时候替我打两把,把把和,有出息!"

王五的儿子上中学,就给女同学写情书。王五更得意:"这孩子早熟,早熟的孩子都聪明,呆头呆脑的能会写情书?"儿子成了流氓团伙的头儿,进了派出所。王五对民警说:"我这儿子天生当领导的材料,没有两把刷子,能领导那帮难缠的小流氓?"儿子杀了人,公安局很长时间才破案。王五骄傲地说:"智能犯罪不是人人都行的,这叫高智商。"据说在法庭上儿子交代得不错。王五向邻居夸奖儿子:"嘿,这小子,敢做敢当,讲义气,老子佩服!"儿子判了死刑,上刑场时没有大小便失禁。王五跷起大拇指:"视死如归,有种!"

王五始终弄不明白,这么好的儿子怎么就这样死了呢?

马富睡觉

马富有钱。金银财宝放在箱子里,锁了一道又一道。深宅大院,大门、二门、屋门加栓加锁,固若金汤。

但是,马富仍然寝食难安。玉馔鼎食,难于下咽。锦被绣褥,夜不能眠。夜里稍有一点响动,就要唤起家人,点亮灯烛,四处查看。日久天长,面黄肌瘦,无法入睡,严重神经衰弱。

虽然如此防范,后来仍然被强盗洗劫一空。

从此以后,马富家房门无锁,夜不闭户。他粗茶淡饭,食量大增,红光满面。大白天,袒腹光背仰卧在一张窄窄的条凳上,鼾声如雷。

父子夜行

漆黑的夜晚，父子二人在赶路。

儿子问爸爸："现在几点了?"爸爸看看手腕上的表，失望地说："萤光盘很长时间没见亮光了，看不见表针。"儿子灵机一动说："把手电筒扣在表盘上照一会儿，不就行了吗!""好主意!"爸爸就按儿子的建议做了。

半个小时以后，拿开手电。表盘上的荧光屏清晰地闪着亮光，看清了时间。其实，用手电照手表的时候就可以看清时间了。

囿于程式和经验，往往远离捷径。

无神论者的狡黠

一位信奉神的人劝说他的朋友应当皈依万能的神,神会给你带来幸福长寿。

朋友问他:"你信奉的神是大公无私的、博爱的,对一切人一视同仁的吗?"信奉神的人回答:"当然,神当然是大公无私的,他普度众生,拯救一切执迷不悟的人。""既然神是大公无私的,也就是说,只要我做一个好人,一生多做善事。不管信奉他不信奉他,跟你一样完全可以享受同等的待遇,得到幸福长寿。既然如此,我何必信奉他呢?还要对他顶礼膜拜、祈祷邀福,耗费精力和时间呢?"信神的人结结巴巴地说:"信奉不信奉神,那还是不一样的。"他的朋友接过他的话:"那么,就是说:信奉他,求他,给他戴高帽说好话,拍马屁,他就让你幸福长寿;不信奉他,不乞求他,不拍他的马屁,他就不让你幸福长寿喽!这样一个以我为中心,顺我者昌,逆我者亡,品德如此自私恶劣的神,我为什么要信奉、崇拜他呢?总之,大公无私的神,我没必要信奉;品德自私的神我不屑信奉。"神的信奉者无言以对。

背影丽人

一个小伙子在大街上看到一个姑娘的背影。她穿戴入时，身材苗条，风姿绰约，让人爱慕。小伙子一见钟情，从此茶饭不思，郁郁成疾。

父母了解了他的心思，决心带他上街寻找儿子朝思暮想的美人，设法玉成此事。

他们在大街小巷寻觅了几天，不见踪影。儿子病情加剧，身体虚弱，行动艰难。父母就用轮椅推上儿子，到第一次他见到姑娘的地方，重温旧梦，以慰儿子相思之苦。

这时候小伙子突然兴奋得大叫一声："就是她！"父母循着儿子所指的方向望去，前面确实有一位丽人的背影。两位老人急忙推着儿子追了上去，超过姑娘以后，他们停步回身，把车子停在路旁，面对美人，准备让儿子仔细欣赏。美人迎面姗姗而来……

当美人走近的时候，三个人一下子都惊呆了，眼前的女人嘴歪眼斜，皱纹纵横。原来是后面看想死人，前面看吓死人的丑妇。小伙子的病立刻痊愈，丢下轮椅，回家去了。

老甲换锁

老甲出门时，总不忘用一把挂锁把门锁上。可是一次次都让光顾的小偷拧坏了，家里一次次被洗劫一空。

老甲决心找锁匠打一把重三公斤的特号大锁。锁体粗大而笨重。老甲有了这把铁将军把门，就放心地出门了。

晚上回来的时候，家里依然被盗。锁襻被拧断了，沉重的大锁弃置于地。他闹不明白，我用了这么大的锁，怎么还不安全？

公安人员勘察了现场，发现老甲的锁虽然很大，但是锁襻仍然跟过去的小锁一样纤细。于是对老甲说："你的门锁很大，锁襻很细，锁还有什么用！锁体那么重，向下坠着，小偷拧断锁襻反而更省力气。"

抓不住问题的关键，加大投入也枉然。

辑三 一颗豆子的悲剧

真假蜡烛

庙堂里有一支真蜡烛和一支假蜡烛。

假蜡烛鄙夷地对燃烧着的真蜡烛说:"你看,你本来身体修长匀称,面色红润。现在身体越来越短小,整天以泪洗面,全身伤痕累累。要不了多久,你就会变成灰,永远地消失。这是何苦!我真为你惋惜。你看我保养得多好,身材依旧那样挺拔,面色永远这么青春。主人经常为我擦拭,总是这样光洁鲜艳。"

真蜡烛笑笑回答:"我知道自己很快就会消失,但并没有遗憾和悔恨。我将燃尽我的身躯,化作光明。可是你只能是我的复制品,徒有美好的外貌,却没有火的灵魂,没有炽热的感情。有了我,这间庙堂的一切才能看得真真切切,包括你在内。没有我燃烧的光明,谁会发现你的存在,谁会看到你木呆呆的身影?你将永远生活在黑暗中。"

真蜡烛燃烧完了,熄灭了,庙堂里一片漆黑。假蜡烛的身影也随着消失在黑暗中,一不小心,被人从祭坛撞到了地上,断成两截,最后扔进了垃圾桶。

迎春花和蔷薇

春天来了,迎春花伸展着修长的枝条,绽放着娇黄鲜艳的花朵,单调的大地立刻生机勃勃。那些只顾在案头增添几分春色的人,你折一枝,我折一枝,柔嫩的枝条、初放的花朵一时全部夭折。折断的茬口上流着滴滴清泪。

不久,她的邻居——粉色的蔷薇也舒展开了柔软细嫩的枝条,粉色多层的花朵含笑点缀在青枝绿叶间。人们只是站在一旁欣赏,谁也不会伸手去摘花折枝。不懂事的孩子刚一靠近,妈妈就连忙把他拉回来。

迎春花很奇怪,问蔷薇:"我们的身材同样苗条。可是我面色蜡黄消瘦,您面色红润丰满,比我漂亮多了。我真不明白,人们为什么那样喜欢您,却不敢动您一指头?对我却百般折磨。"

蔷薇说:"我们都是美丽的,美丽诱发贪欲;我们都是柔弱的,柔弱招来欺凌。我们要保护自己的美丽,不要让人觉得软弱可欺,就要有让贪欲和恃强凌弱望而却步的武器——刺。"

攀附松树的藤萝

藤萝从地下一钻出来，就看准了旁边的松树是他攀附的对象。松树皮肤粗糙，不像竹子、白杨那样光滑，很容易抓住，不会滑脱。松树枝杈横生，也便于轻松搭绕。

藤萝像条蛇样紧紧捆绑着松树。松树血液流通不畅，呼吸困难，压弯了脊背，压酸了臂膀。松树再三乞求放他一把，饶他一命。

藤萝根本不予理睬。无限膨胀着自己的身躯，繁衍着枝条。从头到脚，把松树裹了个严严实实。

最后，松树实在不堪重负，终于被拦腰压断。藤萝随之也从高空摔到地上。从此藤萝无物可以攀附，再也没有爬起来，慢慢枯死了。

车轴的"歌声"

一辆马车颠簸在崎岖不平的山道上。车轴缺油,磨得吱吱扭扭响,浑身火辣辣地疼,苦不堪言。

坐在上面的车厢却被摇得昏昏欲睡,非常舒服。赞美车轴说:"啊,你的歌声咿咿呀呀,太美妙动听了!真是我的催眠曲。"

"什么催眠曲,这是我疼痛难忍的呻吟!"车轴愤怒地说。

"不,这是最美好的音乐。"

就这样,一路上车轴在下面不停地呻吟着,车厢在上面一直欣赏着动听的歌。

自行车轮子的争论

　　自行车的后轮儿对前轮儿说:"你看,我们驮负的重量三分之二都压在我身上。整个车子只有靠我推着才能前进。否则,你就寸步难移。我实在太辛苦了。"

　　前轮儿不以为然:"我比你辛苦多了,也危险多了。什么坎坷不平的路都是我像滚地雷一样先滚过去,然后你再跟上来。我在前面带路,整天战战兢兢,提心吊胆,一不小心,整个车子就会摔得粉身碎骨。我的责任也太大了!"

　　双方互不服气。后轮儿故意一会儿快,一会儿慢,使前轮儿不知所从。前轮儿左一拐,右一拐,搞得后轮儿摇摇晃晃,晕头转向。

　　当他们走在悬崖上的时候,各行其是,一下子就翻在山沟里,车子摔成两截。

　　前轮儿没有后轮儿的推动,自己不会走路;后轮儿没有前轮儿领路,无法前进。都成了废铁。

时间与空间

时间对空间说:"你看我的历史多么久远,它没有开始,没有终结,永恒存在。连你宇宙空间的年龄都要由我给你推算。"

空间说:"我无边无际无限大。不知何日生,不知何时亡,天外有天,日外有日,银河只是我的沧海一粟。你怎么能为我的生命计算岁月?"

时间诘难说:"不管你有多么大,总有起源和消亡。宇宙也有大爆炸,你也在变化。"

空间回答:"我会爆炸,我会变化,难道不知道物质不灭吗?不论怎么爆炸,物质还是一点不少啊。我们自己分家闹点小矛盾,跟你有什么关系!我们仍然是无处不在。"

时间和空间争论的正热闹,蜜蜂一旁插了话:

"时间永恒,空间无限,我不知道你们争论这些有什么意义。时间无限,啥事不干,分秒流失,无限何用?我只知道时间是宝贵的,必须抓紧时间多采蜜,切莫误花期;时间越长,采蜜越多。空间无限,任其闲置,不被我用,无限何贵？我只知道空间是必需的，没有空间，百花哪里生长？空间越大花越多，采蜜的地方越广阔。我也需要空间筑蜂巢，安身立命，享受生活。我不希望永恒，也不向往无限，把握住现在，做些实事，也就心满意足了。"

甲、由、申、田的对话

"甲"挖苦"由"说:"身子那么肥大,脑袋却那么小,还爱出头露面,不觉得寒碜?"

"由"讽刺"甲"说:"还是先看看你自己吧,头大得像汽油桶,腿细成一根竹竿,头重脚轻,不知道一天摔多少跟头。不要看我身体庞大,可什么事都是从我这里开头。我如果和老'于'搭档,就能解释一切事情的前因后果……"

"甲"打断了"由"的话:"如果这么说,你就差远了。不管在什么地方,什么场合,什么事情上,我可从来都是第一。"

"申"在一旁冷笑道:"大概你们总不至于和我争高下吧?我具备了你们两个的优点。你们合二而一才相当于我。"

"由""甲"并不以为然,说:"长得像个上下尖的枣核儿,头尖腿短的陀螺,还敢夸口!"

"田"这时候也加入了讨论:"我不像你'由'那样爱出头,惹来枪打出头鸟的灾祸;不像'甲'那样整天当第一,遭人嫉妒、遭人恨;更不会像'申'那样上面出风头,下面伸脚使绊子，自找麻烦。我严严实实地包着自己，没有任何暴露于外的把柄可抓。'由''甲''申'不管你们说得怎么好，也是虚而不实。只有我'田'才是实实在在的。我供给人们粮食、棉花及石油、煤炭，是他们的衣食父母，所以大家由衷地赞美我，感谢我。"

"田"的一席话，让"由"自夸能解释一切而脸红；让"甲"陶醉于第一的虚名而汗颜；让"申"自以为是完人而惭愧。

秋天和春天的对话

秋天对春天说:"春小姐,我真羡慕你。你到来的时候,人们歌唱你、赞美你。你万紫千红,多姿多彩,充满了青春活力。从死亡的冬天走向欣欣向荣,再走向枝繁叶茂的夏天。我呢,却从满目葱绿的夏天走向衰老,老态龙钟,枝枯叶落,一片肃杀景象。再迈一步,就进入了埋藏一切生机的冬天。虽然有唐朝诗人杜牧突发奇想,说了一句:霜叶红于二月花。但终究是霜叶,好景不长。人们说的更多的是悲秋。"

春天说:"人们为什么赞美我?是因为企盼在我这里开花,等待到你那里结果。赞赏我的美丽,期待到你那里丰收。歌颂我的青春,期望秋天的成熟。欣赏我的五彩缤纷,盼望着金色秋天的早日到来。在我这里产生希望,到你那里得到收获。人们赞颂我,是寄希望于你啊。我给人的是美好的憧憬,你给人的是实在的果实。你有什么可自卑的呢?怎么能说你不如我?"

星星和彗星

一颗彗星从天空划过，满天眨着眼睛的星星都惊呼起来："你要干什么？不安分的家伙要跑到哪里去？"

彗星不耐烦地回答："我厌烦了打坐静养的枯燥生活，我要用躯体摩擦出灿烂的火花，充分展现生命的价值。"

星星们急切地警告他："真是一个自虐狂！这样做会很快消耗掉你的生命！还是安安稳稳坐在这里延年益寿吧！"

彗星决绝地说："大家挤满天空，眨着乖巧的眼睛，谁也不想给黑夜带来更多的光明。我宁愿以短暂的生命，划破夜空，换来刹那的辉煌，轰轰烈烈闪光的死胜过平平庸庸暗淡的生。"

彗星奔向深邃的黑暗。划过一道刺眼的光芒，像一把闪着白光的利剑，劈开了黑夜，给大地带来瞬间光明。但是，他很快熄灭了，结束了短暂的生命。

夜幕下的人们不禁同声赞叹、惊异这灿烂夺目的一瞬。

谁也不去留心那些依旧眨着乖巧的眼睛数不胜数的星星。

不安分的木乃伊

博物馆里有具数千年的木乃伊,他躺在密闭的玻璃棺里,身下铺的是丝绵锦褥。柜子周围锁链围绕,人们不得靠近。作为国宝,每天都有成百上千的人来参观、研究。

一天夜里,这个木乃伊突然慢慢醒转过来。看看自己周围的环境,想不到会得到如此礼遇,简直是帝王之尊。

天亮了,参观者纷至沓来,围绕着他,个个赞不绝口,啧啧称奇。没想到,自己成了无价之宝,木乃伊心里乐滋滋的。大家对他的年龄、年代、身份提出了各种猜测,争得面红耳赤,但十之八九都是胡说八道。他希望能自报家门,说个清楚,以便早日了却这桩公案。再者,如能亲自现身说法,也会让人们更加惊异,赢得更大的尊敬。

于是木乃伊不顾刚醒转来的极度疲惫,想慢慢坐起来。他刚动了动身子,人们大惊失色,接着是一阵惊呼,夺命狂奔。一时间博物馆内空无一人。

荷枪实弹的警察如临大敌,包围了玻璃棺。立刻把木乃伊作为可怕的妖孽,锁进了暗无天日的地下室。从此再也无人光顾。

唐三彩和他的仿制品

唐三彩骏马出土了，重见天日。人们对他赞不绝口，参观的、拍照的络绎不绝。他非常高兴。

由于空间的限制，能目睹唐三彩骏马风采的人终究不多。唐三彩骏马希望扩大自己的影响，提高知名度。于是就向收藏他的主人建议，能不能像孙悟空吹根汗毛，就能复制更多的孙悟空那样，做些仿制品。

主人认为这是很有商业价值的建议。立即找来能工巧匠，着手复制。仿制品生动形象，差可乱真。市场上大量仿制品的出现，令唐三彩骏马非常兴奋。啊，世界各地都能领略到我的风采了，我要享受全世界的赞誉了。

可是，不久"唐三彩骏马"充斥市场，质量每况愈下，作品非驴非马，价格一跌再跌，仓库里大量积压。

主人只好把真正的唐三彩拿出来展览，售票参观，弥补损失。人们真假难辨，认为又是拿赝品骗人，根本无人问津。

最后，真正的唐三彩骏马就和那些仿制品一起被堆放在暗无天日的仓库里，也分不清谁真谁假了。

一颗豆子的悲剧

一颗大豆落在了一面鼓上,连续跳了几下,而且弹得很高,立即发出"咚咚咚"一连串悦耳的声音。大豆从来没体验过如此美妙的感觉,腾空跳起,急速落下,耳旁生风,轻晕如醉,鼓声伴奏,似舞芭蕾。于是他就在鼓上疯狂地落下跳起,激起一阵风雨般的鼓点。

有一次,他又发现一面圆圆的大鼓。他欣喜若狂地立刻跳了上去,希望旧梦重温。

但没想到这面鼓却是那样坚硬,不但自己没有被弹起来,反而摔得鼻青脸肿,而且还沿着一个斜坡很快滚到了一个黑咕隆咚的洞里。耳边还轰隆隆响起一片雷声,他惊呆了。还没搞清楚怎么一回事,就感到自己重重地被挤在两片东西之间,被碾着搓着。然后他就失去了知觉。

原来他错误地把一盘正在转动的石磨当作了大鼓。

地球为什么和太阳保持距离

月亮对地球说:"妈妈,您为什么整天飞速地围着太阳转?还要像陀螺一样不停地跳着旋转舞,头不晕吗?害得我也要紧跟着你不停地转圈圈。"

地球说:"我快速地围着太阳转,就是要和他保持一定的距离,害怕让他拉到怀里去。我不跳旋转舞,就会胸前火热,背后冰冷。冷热不均,万物不生。不断地转动,腹背才能冷热均匀。"

月亮还是不理解妈妈的话:"太阳是那样热情温暖,为什么要跟他保持一定距离呢?"

"跟他保持适当的距离,你才会享受到他的温暖;没有距离,投入他的怀抱,你就会被他的热情化为灰烬。"

树和树荫

沙漠上有一棵大树,浓荫匝地,郁郁葱葱。成了行人商旅的驿站,他们在这里休息吃饭的时候,都对大树赞不绝口,感谢他提供了一个歇脚的最好场所。

树荫心里很不痛快。难道不是因为有了我,你们才感到清凉舒适的吗?把你们弄到大树顶上去,看不把你们晒死。他越想心里越不平。

一天,一位木匠路过这里,在树下休息。树荫对木匠说:"你看这棵大树是多好的材料啊。凭您的手艺一定能打出很多贵重的家具来。长在这沙漠里真是白白浪费,暴殄天物。"木匠听了他的话,动了心,抡起斧子就砍大树。

大树忍着疼痛对树荫说:"你怎么能出这种馊主意,我如果倒了,难道还会有你吗?"

树荫悻悻地说:"你听的赞歌够多了,却从来没人赞美过我。今天你也该尝点苦头了。没有了你,赞歌应该归于我。"

轰然一声大树倒了。木匠要向树荫致谢,环顾四周,却不见树荫的踪影，只听见树荫痛苦的呻吟。原来他被大树死死地紧压在了地上。

等到木匠把整棵大树截成木条的时候，树荫彻底消失了。

天平上的砝码

天平上左边是金锭，右边是砝码。金锭重，砝码轻。天平左边低右边高。主人在右边加了一个最小的砝码，左右马上平衡了。

小砝码认为这都是自己的功劳。

大砝码对他说："人家金锭个头小身体重，我们两个比他个头大多了，加在一起才跟人家一样。"

小砝码不以为然："我可不这样认为。当然，你是不行！人家压得你高高翘起，上不着天，下不着地。可是我一出马，立即摆平了。金锭有什么了不起！"

大砝码说："是咱们两个的力量才摆平的。"

小砝码鄙夷地对大砝码说："你也好意思说，你上去好半天，跷跷板的你这头总也压不下去。翘在半空，上不去，下不来。主人看着你实在没能耐了，就把我派了上去。我刚一到，立竿见影，就跟金锭打了个平手。改变了被动局面……"

话还没说完，主人把大砝码从天平上拿下来了。金锭立刻用力下压。天平的盘子倾斜成六十度，小砝码被高高地翘到空中，他立脚不稳，一个趔趄从盘子里滚下来，摔到了地上。

这时候他才知道了自己的分量。

断线风筝

春天来了。乘着徐徐的和风,孩子们把一只漂亮的风筝送上了蓝天。风筝在天空中快活地飞着,白云在他身边缭绕,小鸟在他耳畔歌唱。他低头俯瞰绿色葱茏的大地,高兴地唱了起来。

听到风筝沙沙的歌声,几只乌鸦凑了过来。领头的乌鸦对着风筝叹了口气,惋惜地说:"风筝老弟,我真为你痛心。"

风筝眨了眨眼,诧异地望着乌鸦,感到莫名其妙。

乌鸦满脸谄笑:"像你这样一只轻盈、漂亮的风筝,为什么要由别人牵来引去呢?你瞧我们,想去哪里就去哪里,谁也管不着,多么自由自在:依我看,你应该挣断这条讨厌的线,跟我们一块飞才对!"

"是啊,他说得对极了。咱们应该一块儿自由自在地飞!"乌鸦们随声附和。

开始,风筝还不大在意,但他禁不住乌鸦们再三的聒噪,终于动心了,他打定主意要挣断那根线,跟乌鸦们去游历一番。

挣啊挣,"嘣"的一声,线断了。风筝高兴极了,他大声叫道:"乌鸦大哥,我也……"话没落音,就觉得头重脚轻,浑身瘫软,晃晃悠悠直往下坠。风筝吓坏了,连声呼救:"乌鸦大哥,救命啊……"

乌鸦们一阵奸笑:"哈哈,飞吧!风筝老弟,你自由啦!快跟我们飞啊!哈哈,哈哈……"

风筝这才明白自己上了当,但这时他已头昏眼花,无能为力了。他头向下,脚朝上,一下子栽到了树上。树杈戳穿了他的胸膛,风筝疼得失去了知觉……

待风筝苏醒过来,他已经被孩子们从树上取下来了。孩子们为他治好了伤口,他很快恢复了健康。在晴朗的日子里,他又被孩子们送上了天空。

蓝天白云间,又响起了风筝沙沙的歌声。

回声

声音在山谷高歌,回声在四周响起,久久回荡。模仿使声音失去了个性,非常懊恼。

声音大声斥责回声:"你就不能不学舌,自己说句话吗?"回声同样又学了一遍:"你就不能不学舌,自己说句话吗?"声音对他毫无办法,只好到平原上放歌。回声没能跟来,终于被他摆脱。

这里没人应和,没有和声。没有了山里那种一呼百应,气势磅礴,翻江倒海的气魄。没有空谷传响,余音延绵,千万声音一时迸发的壮阔。

声音马上感到孤独、单薄无力,失去了昔日的洪亮,失去了一声响起万声和的陶醉,失去了众星捧月的优越感,心头的失落油然而生。

耐不得寂寞,声音又回到了山中,回声又簇拥到他的身边,给他伴唱。声音重新找到了感觉,对回声的学舌再不感到厌恶。

火车和轮船

一艘轮船在大海上航行,平稳轻盈,飘飘荡荡,悠然自得。岸上的火车非常羡慕。

火车风驰电掣,呼啸而过,轧轧声响,大地震撼,何等威风!赢得了轮船的崇拜。

火车、轮船都希望体验一下对方的生活。

于是火车脱离轨道奔向大海,没走多远,就一头扎进海水里,陷在沙泥中,动弹不得。

轮船用个猛劲,一下子冲上海岸,扎进泥沙里,头重脚轻,晃晃荡荡躺倒在沙滩上。

火车没有了威风,轮船没有了悠然。

火车被湿咸的海水浸泡得皮肤溃烂,锈迹斑斑。

轮船在烈日下,干渴得口干舌燥,皮肤崩裂,全身瘫痪。